读客悬疑文库

认准读客读悬疑，本本都是大师级。

読者の皆さんが
にわか名探偵になって
くださると嬉しいです。

如果各位读者能化身为临时名侦探，
我会非常高兴。

大山誠一郎

大山誠一郎

全员名侦探

[日] 大山诚一郎 著　曹逸冰 译

にわか名探偵
ワトソン力

文匯出版社

图书在版编目（CIP）数据

全员名侦探 /（日）大山诚一郎著 ；曹逸冰译.

上海：文汇出版社，2025. 8. -- ISBN 978-7-5496
-4555-8

Ⅰ. I313. 45

中国国家版本馆CIP数据核字第2025R6W429号

全员名侦探

作　　者 / ［日］大山诚一郎
译　　者 / 曹逸冰

责任编辑 / 钱　斌
特约编辑 / 李嘉钰　　　徐陈健
封面设计 / 李子琪　　　陈艳丽

出版发行 / 文匯出版社
　　　　　　上海市威海路 755 号
　　　　　　（邮政编码 200041）
经　　销 / 全国新华书店
印刷装订 / 三河市龙大印装有限公司
版　　次 / 2025 年 8 月第 1 版
印　　次 / 2025 年 11 月第 3 次印刷
开　　本 / 889mm×1270mm　　1/32
字　　数 / 153 千字
印　　张 / 7.5

ISBN 978-7-5496-4555-8
定　　价 / 49.90 元

侵权必究
装订质量问题，请致电010-87681002（免费更换，邮寄到付）

目录

第一章

丧尸挽歌

屍人たちへの挽歌

* 本章名的日语原文为「屍人たちへの挽歌」，致敬迈克尔·英尼斯所著《给某个诗人的挽歌》（日语译名为『ある詩人への挽歌』，英语原名为 Lament for a Maker）及日本推理作家今村昌弘所著《尸人庄谜案》（日语原名为『屍人荘の殺人』）。

1

放眼望去，商场各处都是徘徊游走的活死人。一对恋人东躲西藏，仓皇逃命。几小时前熙熙攘攘的购物天堂，早已化作人间炼狱。

最终，他们来到了空无一人的电影院，跑进其中一间放映厅，关上双开的大门。为防止丧尸闯入，男生把用作防身武器的拖把插进左右两扇门板的把手，确保大门无法从走廊那一侧打开。

他们沿过道走向空荡荡的观众席。大银幕上放着一部重映的法国老电影。"看会儿再走吧……"男生对女生喃喃道，"你不是刚好想看这部片子吗？"两人依偎着坐了下来。

其实逃进电影院之前，女生就已经被丧尸咬了。片刻后，她安详地咽下了最后一口气。男生紧握着她的手，突然吓了一跳——因为那只冰凉的手，居然动了起来。

男生猛然起身，连连后退。女生步步追来，动作僵硬。她不明白爱人为什么要逃，甚至没有意识到自己已经变成了丧尸。

男生沿着过道逃向门口。然而，大门是他刚才亲手用拖把闩住的。他想拔出拖把，手却因焦急和恐惧颤抖不止，不听使唤。就在他拼命拔拖把的时候，女生血淋淋的手落在了他的肩头。

"亲爱的……"空洞的声音传入耳中。紧接着响起的，便是男生的惨叫——

*

一月二十五日，和户宋志[1]跟片濑亚美一起去电影院看了部丧尸片。

事情要从五天前的晚上说起：某人看中了和户的特异功能，把他绑回了自家房子，关在地下室里。被绑架的是警视厅的在职探员，这可不是闹着玩儿的。考虑到事态的严重性，警视总监派出警备部麾下的特种部队SAT[2]开展营救。SAT大展神威，顺利救出了和户。所幸地下室里有足够的食物和水，和户并没有饿着渴着，但为保险起见，他还是住院观察了一段时间。

---

1 主角名字的日语发音为"Wato Sōji"，与《福尔摩斯探案集》中福尔摩斯的搭档华生名字的日语发音"Watoson"非常相似。——译者注（本书若无特别说明，均为译者注）

2 SAT，即Special Assault Team的缩写，指特殊急袭部队，隶属于日本警察厅的特种部队。

在被解救的第二天，亚美前来探望。她是负责营救行动的SAT队员之一。约莫一年前，她与和户相识于雪山民宿，亲历了一起双重射杀案。和户从亚美口中得知，最先发现自己被人囚禁的就是她，而且她也知晓特异功能的存在。

和户将自己的特异功能命名为"华生力"。

他在上小学五年级的时候意识到，自己在直面谜团时会下意识发动特异功能，大幅提升旁人的推理能力（可惜他自己的推理能力并不会有所提升）。当时华生力的有效半径还只有两米左右。到他成年的时候，有效半径已经达到了二十米。

之所以将特异功能称为"华生力"，是因为和户强烈怀疑夏洛克·福尔摩斯的搭档华生医生也有这种能力。福尔摩斯总是带着华生一起查案，这或许不是出于友情，而是因为他知道华生能够显著提升自己的推理能力。

多亏了和户的助攻，他所在的搜查一课[1]第二强行犯搜查三组的破案率达到了前无古人的百分之百。和户本人也曾多次被卷入"暴风雪山庄"模式的凶案，好在相关人员的推理能力在华生力的作用下齐齐飙升，引爆了一场场推理大比拼，让案件得以圆满解决。

在一年前的雪山民宿双重射杀案中，亚美在推理比拼中大获全胜，揭开了真相。当时她有种"头脑从未如此清明过"的感觉。后

1　搜查一课，隶属于日本警视厅刑事部，专门负责侦查严重案件，包括杀人、抢劫、强奸、绑架、纵火等罪行。

来她靠着再度降临的清明感锁定了和户被囚禁的地点，为那次营救行动的成功奠定了基础。

探望和户时，亚美大胆提议——我们可以合伙开家侦探社呀！

"你的华生力，加上我的体能和格斗技术，再难的案子都能轻松搞定，还怕没生意做吗？你说怎么样？"

和户沉思片刻后回答道：

"多谢你的好意，只是我大四那年就打定主意要加入搜查一课了，不会轻易辞职的。"

"啊，上大学的时候就想好啦。"

"我想用华生力为社会做点贡献，当时最先想到的法子就是加入搜查一课。"

亚美面露敬佩之色。

"想为社会做贡献啊……有志气！对不起，不该劝你辞职去开侦探社的，是我想当然了。"

"没关系的，我才该说对不起。"和户都有些过意不去了。

亚美似乎有什么心事。犹豫片刻后，她鼓起勇气说道：

"话说……我想请你帮个忙。"

"帮忙？什么忙？"

"陪我去看场电影。"

这个请求让和户颇感意外。

"我的空手道师父客串了一部丧尸片，让我去捧捧场，但我特别受不了那种类型的电影……"

"原来是这样……"

"哪怕被扔到了地球上最危险的地方，我都有信心活下去，可就是不敢看丧尸片。"

这就叫人不可貌相。

"所以我想找个伴儿一起去，可一直没物色到合适的人选。在SAT的队友面前，我总是一副天不怕地不怕的样子。要是他们知道我不敢看丧尸片，肯定会天天笑话我的。"

"找我就没问题了？"

"你不是那种会嘲笑别人的人，而且你给人一种什么秘密都能告诉你的感觉。"

"啊……"

"就当是帮忙，好不好？"

"没问题，只要你不介意旁边坐着的是我就行。那部电影叫什么啊？"

米狩稻史导演的《丧尸挽歌》——亚美如此回答。

＊

九点半，亚美准时现身于商场内的厚釜影城的大堂。

身材高挑的她穿着牛仔裤和羽绒服，超短发下的面容靓丽，可以说是美人了，眼角细长清秀，目光犀利，气势逼人，直教人联想到豹子。她浑身上下都散发着稍微抬个脚就能踹翻一排丧尸的气场，这么一个人居然不敢看丧尸片，说出来都没人信。

"早上好。"

"早，今天就辛苦你啦。"

亚美一脸悲壮，仿佛正要参加一场生还希望渺茫的行动。

《丧尸挽歌》被安排在了四号放映厅。说来有趣，"放映厅"和"大银幕"在日语里都是"スクリーン（screen）"。大门旁贴着一张印有"今日重装开业！"的告示，看来这间放映厅直到昨天都还在装修。

双开门后是一条过道。没走几步，巨大的银幕便出现在了前方。左手边是阶梯状的观众席。观众席分为前后两个半区，和户和亚美的位置在后半区的第一排正中间。前后两个半区之间有一条很宽的过道，视野极佳。

前半区不见一个观众。不过和户每次来影院，前半区基本都是空着的。回头望去，后半区还有五位观众，三男两女。大家坐得很分散，应该都是一个人来的。其中一位个子很高的男观众好像掉了什么东西，正在弯腰捡。

这间放映厅似乎有二百多个座位，观众却只有这么点。就算是工作日的早场，这票房也着实惨淡了些。莫非这部片子不是很火？明明事不关己，和户却不由得捏了一把汗。

十点整，开场铃响起。和户将目光转回前方。放映厅暗了下来。一旁的亚美动了动，很紧张的样子。

2

电影放完了。放映厅亮起灯光。

她还好吧？……和户望向旁边的亚美。只见她长出一口气，像是刚完成了一场高强度训练。

"师父的戏份还挺多……"亚美说道。

"是那个会空手道的丧尸吗？"

"嗯，威风吧？"

《丧尸挽歌》的设定是"丧尸会保留生前的习惯、特长和念想"。所以空手道高手变的丧尸会用空手道攻击活人，厨师变的丧尸会举着菜刀和砧板杀过来，女主变的丧尸则会为了爱扑向男主。

和户和亚美走向放映厅的大门，然而，呈现在眼前的是一幕诡异的景象。

"怎么搞的？"

只见一根长约一米、直径约两厘米的铁棍穿过了左右两扇门板的把手。不把棍子抽出来，就没法开门。

"男主刚才就是这么闩门的，会不会是有人恶作剧啊？"

和户握住铁棍的右端，用力一抽，棍子却毫无动静。他不解，凑近一看，才发现门把手和铁棍似乎是用胶水固定住了。

"交给我吧。"

亚美抓住铁棍，大喝着一拽，可铁棍依旧纹丝不动。比和户力气大的亚美都抽不出来，看来这胶水的黏性不是一般地强。

"我来试试吧。"

在旁观望的一位身高至少有一米八的高个男子开口说道，上前握住铁棍试了试，可惜同样无功而返。

门口还有三位观众，分别是矮个老头、留长发的眼镜男和畏畏缩缩的女士。

"……打不开吗？"

长发眼镜男如此说道，却没有要上前一试的意思。大概是看到之前尝试的三个人都没抽出来，便死了这条心。

"问问影城的工作人员吧。"

和户掏出手机，打开厚釜影城的官网，拨打了网页上的电话号码，告知接电话的工作人员"四号放映厅的门把手被人做了手脚，打不开了"。

对方说"这就转给我们经理"。片刻后，中年男性的低沉嗓音从电话那头传来。

"您好，我是影城的经理乐田。不好意思，我们也才发现这个问题。电影放完后，清洁工本想进去打扫的，结果门死活推不开，没想到是门里面被人动了手脚……"

"没有别的紧急出口吗？"

"紧急出口在大门的正对面，也就是放映厅的右前方。可我们派人看过了，那扇门也打不开……"

"我们过去看看。"

和户把乐田经理提供的信息告知其他观众，然后沿过道往回走，来到放映厅的右前方。正如经理所说，那里确实有一扇标有"紧急出口"的门。他握住门把手拧了拧，却死活拧不动。难道……凑近一瞧，门把手也被胶水粘住了。和户将这一情况告知了电话那头的乐田。

"给各位添麻烦了，我这就找人来拆门。"

"放映厅后方不是有一扇通向放映室的小窗吗？那扇窗能打开吗？"

和户望着放映厅后墙上方的小玻璃窗问道。

"那扇窗是固定的，打不开。"

"敲碎玻璃呢？"

"窗口本身很小，哪怕敲碎了玻璃，人也钻不过去。"

"那就只能拆掉大门或者紧急出口的门了。"

"是的……但拆门得专业人员操作，可能需要各位等上一小时……"

和户跟身后的其他观众转达了一下。

"一个小时？！""怎么要等这么久啊？！"

"实在是不好意思……"电话那头的乐田许是听到了众人的抱怨，连声道歉，并保证拆门师傅一到就立刻告知和户，交代完这些才挂了电话。

"要在这里干等一小时……那相亲岂不是要迟到了……"

一米八愁云惨淡道。

"相亲？"和户问道。

"嗯，约了中午十二点。"

他抬手看表。现在是十一点半。再这么等下去，铁定要迟到。

"到底是谁干的啊……动手脚的人肯定就在我们之中。"

长发眼镜男说道。和户心头一跳。对哦，被人动了手脚的是门的内侧，这意味着下手之人就在这间放映厅里。

"不是我……"畏畏缩缩的女观众说道，声音细小如蚊子。

"也不是我。"矮个老头说道。

"不关我的事啊。我急着去相亲，怎么可能干出这种事？"一米八说道。

"也不是我干的，"亚美如此说道，还扬了扬下巴，矛头直指坐在最后排中间的观众，"你们就不觉得那人不太对劲吗？我们都吵翻天了，她连头都没抬一下。"

"还真是……"

正如亚美所说，那位观众耷拉着脑袋，一动不动。不祥的预感涌上心头。和户连忙冲上阶梯状观众席旁边的过道，来到最后排的中间。

"喂，你还好吗？"和户问了一声，但那位女观众没有丝毫反应。和户碰了碰她的右臂，发现她的身子都凉了。摸不到脉搏，也探不到鼻息。仔细查看她的眼睛，发现瞳孔已经放大，还有出血点——这是勒死的典型特征。和户心头一跳，小心抬起她的下巴检查脖颈周边，果然发现了一条缠了好几圈的绳子，看着像打包绳。

"她死了……"和户回头告诉后方的其他观众。

"死了？……突发心肌梗死吗？"亚美问道。

"不，是被人用绳子勒死的。"

其他观众战战兢兢地凑了过来。

"啊……真死了啊？不是装死吓唬我们的？"畏畏缩缩的女观众问道。

"千真万确。"

"你是医生啊？"

"不，我是警视厅搜查一课的。"

"真的吗？！那可太好了。"一米八说道。

"麻烦出示一下证件。"矮个老头说道。

"今天不是我当班，所以没带证件。"

和户再次联系乐田经理，告知放映厅内发现了一具他杀尸体，请他代为报警，并表明身份，自报姓名。

"非常抱歉……！"接二连三的突发状况让乐田惊慌失措。

结束通话后，和户对被害者做了一番仔细的观察。她身材娇小，年约三旬。手提包掉在脚边。座位扶手的饮料架上插着托盘，托盘上放着装有爆米花的纸桶和装有饮料的纸杯。爆米花和饮料都还很满。

凶手很可能是悄悄从背后靠近，趁其不备将绳子迅速缠在被害者的脖子上，然后用力向后拉。被害者被压在了座椅靠背上，无法挣脱。只要把全身的体重集中在绳子上，力气小的人也能用这种方法实施犯罪。放映期间，室内光线昏暗，音响震耳欲聋，难怪周围的观众毫无察觉。

"两扇门都打不开……这意味着凶手就在我们之中。"

亚美用犀利的目光扫视每一位观众，她看《丧尸挽歌》时的惊恐荡然无存。

"也不一定吧，"矮个老头说道，"万一门是凶手走了以后才被人动了手脚呢。"

"查一下走廊的监控录像就知道了。"

和户掏出手机联系乒田，请他转告探员，尽快查看走廊的监控录像，重点关注《丧尸挽歌》开始放映后四号放映厅的人员出入情况。经理一口答应，说警察一到就查。

"呃……要不去前面说吧，待在尸体旁边，总觉得有点……"

畏畏缩缩的女观众如此提议。于是一行人沿阶梯状过道走向放映厅前方，在大银幕跟前立定。

和户环视众人说道：

"我们还得在这里等上一个小时，不如先做个自我介绍，互相认识一下吧。"

"自我介绍？"

"嗯。"和户点头道。多次被困"暴风雪山庄"的经验告诉他，遇到这种情况时，不妨先轮流做一下自我介绍。

"我叫和户宋志。刚才大家也听到了，我是警视厅搜查一课的探员。"

亚美也自报姓名，说自己是公务员。

"我看你是跟和户警官一起来的……莫非你也是搜查一课的？"矮个老头好奇地问道。

"不，我就是个文员。"

亚美没说自己是SAT的，因为上头有规定，不能泄露这种敏感信息。

"我叫佐藤哲治，"矮个老头说道，"在大学教书。"

和户倒也没要求大家报上职业，但他和亚美都说了，佐藤便也没瞒着。

"田边明，公司高管。"

一米八说道。他看起来三十岁上下，宽肩，是个长相年轻的美男子。

"这么年轻就当高管啦？"长发眼镜男用找碴的口吻说道。

"因为公司是我爷爷开的。"

"哟，富三代啊。我叫永村茂，影像工作者。"

长发眼镜男说道。他三十五六岁，中等身材。

最后是那个畏畏缩缩的女观众。

"我叫羽鸟早苗，在律所当文员。"

就在这时，和户的手机响了。电话那头传来浑厚的男声："您好，我是厚釜署刑事课的探员赤星。"看来是片区警署的探员们到了。

"请问是搜查一课的和户警官吗？"

"是的。"

"听经理说，您想让我们看一下走廊的监控录像？我们已经看过了。"

"怎么样？"

"上午十点《丧尸挽歌》开映以后，没有任何人出入过四号厅。"

"紧急出口呢？能查到那边有没有人进出吗？"

"紧急出口用的是机械锁，开闭是由影城工作人员在办公室远程操控的，他们说今天一次都没有开过。"

"哦……"

看来凶手就在滞留于放映厅的观众之中。

"能麻烦您问一下在场的人都叫什么名字吗？"

征得其他观众的同意后，和户把大家的姓名和职业报给了赤星。

"放映室里的人应该能透过小窗看到放映厅里的情况吧？工作

人员就没目击到什么吗？"

"我们也想到了这一点，可一问才知道，现在的放映机都是自动的，不需要技师守在旁边。万一放映机出了故障，办公室会立刻收到警报，所以放映室通常是没人的。就算有工作人员在里头，也有别的事情要忙，除非有什么特殊情况，否则是不会留意放映厅的。这家影城的放映室又窄又长，长得跟走廊似的，通向各个放映厅。案发时倒是有一位工作人员在放映室，但他在另一间放映厅的小窗边做事，完全没留意四号厅的情况。"

"哦……"

"据说拆门师傅再过四十五分钟就到了，麻烦您在那之前保护好现场。凶手必然在滞留的观众之中，还请多加小心。为防万一，我们派了一个人盯着放映室的小窗。"

和户望向比观众席高出一层的放映室小窗。窗后确实有一张男人的脸。由于相隔二十多米，他看不清对方长什么样，不过那肯定就是厚釜警署的探员。

"您就明明白白告诉他们有探员盯着，这样凶手就不敢轻举妄动了。"

"好。"和户挂了电话，将最新情况告知其他观众。

"凶手就在我们之中……"田边明环顾四周，一脸茫然。

佐藤哲治说道：

"凶案是电影放映期间发生的，大家都没有不在场证明。和户警官和片濑女士是认识的，有可能互作伪证。其他人都是自己来的，座位也比较分散。放映厅里那么暗，大家的注意力又都放在了电影上，就算有人离开了座位，其他人大概也察觉不到。我就坐在通往大门的过道附近，可是光顾着看电影了，完全没注意到有人走动。"

"我有不在场证明······"说这话的时候，永村茂似乎下了很大的决心。

"你怎么可能有不在场证明啊？"佐藤问道。

"是这样的······我一直在偷拍银幕。"

"你在盗摄[1]啊？"

"嗯······我是米狩寻演的死忠粉，想仔细研究一下他的镜头构图。"

"盗摄算哪门子的粉丝。"

"我知道错了。我坐在最后一排的最右边，把摄像机的三脚架放在了身后不远处，这样就不容易被抓到了。刚才回看的时候，我发现画面下方拍到了一点点我的头，可能是位置没找好吧。那段视频可以证明我一直都坐在自己的位置上。"

和户接过永村递来的摄像机，倍速播放视频。画面中确实有个长发男子的后脑勺，应该就是永村。谁知放到三十二分钟的时候，视频突然断了。

"咦？"永村面露惊慌，"······糟糕，存储卡满了！"

1　未经权利人许可，对正在放映的电影私自进行拍摄、录制的行为，该行为涉嫌侵犯著作权。

"看来你就只有那三十二分钟的不在场证明。"亚美冷冷地说道。

"怎……怎么会这样啊……"永村垂头丧气。

羽鸟早苗说道：

"可凶手为什么要封住放映厅的门呢？把自己困在这里，不是自找麻烦吗？如果这里是一座进出全靠吊桥的孤岛，倒还说得过去。因为没了桥，警察肯定要折腾两三天才能上岛。可封住放映厅的门又有什么用呢？要不了一个小时，门板就会被人卸掉啊。"

"确实是这样。"

"凶手行凶之后，肯定也是想立刻走人的，不可能把自己关在放映厅里。唯一说得通的解释，就是封门的人并不是行凶的人。为方便大家讨论，干脆把封门的人称作'封门犯'，把行凶的人称作'杀人犯'吧。杀人犯本想在行凶后立刻离开，走到门口却发现门已经被封门犯固定住了，出不去了。这个时候，杀人犯肯定是很慌的——"

羽鸟早苗说得中气十足，意气扬扬，与方才判若两人。看来华生力已经起效了。她的推理能力直线上升，进而催生出了自信。

"据我猜测，杀人犯早就知道被害者今天要来看《丧尸挽歌》，而且还知道她习惯坐最后一排。杀人犯跟被害者肯定很熟。查一查被害者的手机吧。如果杀人犯真是她的熟人，说不定能在通讯录里找到他的名字。"

见羽鸟早苗走向被害者的座位，和户急忙制止。再等一小时不到，探员们就能进放映厅调查了。要是在这个节骨眼上让案件的相关人员乱翻被害者的物品，和户就得吃不了兜着走了。

就在这时，亚美朗声说道：

"我知道封门犯是谁了。"

3

亚美似乎也受到了华生力的影响。她显得意气风发，许是因为今天是她第一个指认凶手。

"启发我的是闩住大门的那根铁棍。那根棍子足有一米长呢。于是我就产生了一个疑问——封门犯是怎么把棍子带进放映厅的呢？"

和户如梦初醒。

"直接拿在手里，肯定会被电影院的工作人员拦下来的。那是放在包里带进来的吗？可在场的这几个人都没有带装得下一米长的棍子的包。"

说到这里，亚美看向和户。

"麻烦你联系一下厚釜署的探员，让他们查一下四号厅门口的监控录像，看看有没有人带着细长的棍棒进来。"

和户用手机联系了赤星。赤星说"马上就查",然后挂了电话。

亚美脸上写满了自信。看来让提升了推理能力的人坚信"自己的推理是正确的"也是华生力的功效之一。

几分钟后,赤星回电说,监控没有拍到带着棍棒进入四号厅的人。和户把这个结果告诉了亚美。她使劲点了点头。

"那就只剩下一种可能性了。封门犯把棍子贴在了自己背上,偷偷带了进来。而我们之中只有一个能把一米长的棍子贴在背上瞒天过海的高个子。"

众人纷纷看向那个人——田边明的脸色难看极了。

"你说门是我封的?"

"没错。从'如何把铁棍带进放映厅'这个问题出发,封门犯只能是你。"

田边本想辩驳,却在亚美犀利的目光下耷拉下了肩膀。

"——没错,是我封的。"

没想到田边就这么承认了,和户大感惊讶。

"你图什么啊?"亚美问道。

"我是不想去相亲……"

"什么?"这个出乎意料的答案让众人齐声惊呼。

"我是真的不想去相亲,所以请了假跑来看电影。可是光请假没用啊,我妈肯定要发火的。要是看电影的时候,有人把门封死了,害得我出不去了,不就名正言顺了吗?"

众人被田边的幼稚行为惊呆了。不过也是多亏了他，才能把嫌疑人锁定在这么几个人里。

"不想去相亲，怎么不直接推掉呢？"亚美问道。

"毕竟是我妈介绍的，不好推。可我是真的不想将就，思来想去，就想出了这么个法子……"

"你的思路也太跳跃了吧。"

"是吗？"田边竟有些不以为耻，反以为荣。

"我可没在夸你。那你是什么时候封的门啊？"

"应该是十一点十五分左右。因为我想在电影还剩十分钟的时候再动手。要是封得太早，被中途上洗手间的人发现了就麻烦了。"

"你刚才还上去拔铁棍呢，那也是演给我们看的吗？"

"嗯，我怕封门的时候不小心留下了指纹，所以想趁机再摸一下，这样一来，就算事后找到了我的指纹，我也能说是拔铁棍的时候留下的。"

"坏心眼还挺多。"

"那你推理出的杀人犯又是谁呢？"和户问亚美。

"我不知道人是谁杀的。"

"啊？"

亚美显得心有不甘。

"我只推理出了封门犯，却没想明白谁是杀人犯。难得有你的华……"

亚美把后半句话咽了回去。她本想说"难得有你的华生力助攻",说到一半才想起和户的特异功能是个秘密,只得打住。其实就算她说了,别人也只会觉得是她脑子进了水……

4

"我好像知道谁是杀人犯了。"

羽鸟早苗开口说道。此刻的她散发着自信的光辉，畏畏缩缩的神情早已不见踪影。亚美被人抢了先，一脸的不甘心。

"杀人犯应该会选择后半区的座位，而且是后半区的两端。因为他要是坐在前半区，起身时会很容易被后面的观众看到。如果位置在中间，同一排的两边坐着其他观众，去行凶时就必然要从他们跟前经过，事后有可能被那些人认出来。从这个角度看，最可疑的就是坐在最后一排最右边的永村先生。"

影像工作者推了推眼镜，开口反驳。

"那你呢？你的位置不在最后一排，可也在后半区啊，还在角落里。空座位那么多，何必靠边坐？还有佐藤先生和田边先生，你们也一样可疑。"

和户在脑海中回忆了一下永村茂、羽鸟早苗、佐藤哲治和田边明的位置。

他们都坐在后半区。后半区还能细分为左区（每排四个座位）、中区（每排十三个座位）和右区（每排四个座位）。左区和中区各有十排，右区只有三排。因为右区位于通向大门的过道上方，只有一小块。

羽鸟早苗坐在左区从前往后数第三排最左边靠墙的位置。田边明坐在中区第七排的最左边，挨着隔开左区和中区的阶梯状过道。佐藤哲治坐在中区第二排的最右边，右手边就是通向大门的过道。永村茂坐在右区最后一排的最右边。被害者坐在中区最后一排的正中间。

永村看着羽鸟早苗、田边明和佐藤哲治说道：

"你们都选了边边角角的座位。正常人都该像和户警官和片濑女士那样，选中间的座位。在购票机上选座的时候，你们肯定能一眼看出这场没什么人，为什么非要选靠边的座位？我选最后一排的最右边是为了盗摄，有正当的理由，可你们没有啊！"

盗摄算哪门子的"正当理由"啊。但和户没吱声，放过了这句令人无语的话。

佐藤说道：

"我选那个座位，是因为它靠近通往大门的过道。年纪大了，洗手间跑得勤。选座的时候，放映厅确实还很空，可我要是选了中间的座位，万一回头有人选了我的左右两边呢？那我去洗手间的时候不是会打扰到人家吗？只是我今天碰巧没上洗手间就是了。”

羽鸟早苗也说道：

“我选那个座位是因为那边挨着墙壁，比较有安全感。孤零零地坐在宽敞空间的正当中，我会很焦虑的，所以才坐在了最左边靠墙的地方。”

永村说道：“这么怕坐在宽敞的空间里，又何必来电影院呢？”

“可是电影院的音响效果好啊，我就是想在这里看。”

田边说道：

“我选择那个座位，是因为它挨着过道。我讨厌在电影结束之后穿过两排座位之间的缝隙。”

“那你讨厌的东西还挺别致的。”

“讨厌就是讨厌，我也没辙啊。”

田边与永村互相瞪了一眼。

和户心想，这四个人之中肯定有人没说实话。那个人选择靠边的座位，其实是为了方便实施犯罪。但他还无法确定撒谎的究竟是谁。

就在这时，和户的手机响了。电话是厚釜署的赤星打来的。

“守在放映室的探员说放映厅里好像吵起来了，情况还好吧？大家在吵什么？”

“这里正上演着一场推理大比拼呢。”

“推理大比拼？”赤星都惊呆了，“怎么就推理上了呢？”

可和户总不能说"大家是受了华生力的影响"吧。

"嗯，那就说来话长了……"

"还是小心点好，免得刺激到凶手。"

"知道了。"

谁知和户刚挂断电话，便有畅快的声音响彻放映厅。

"我知道谁是杀人犯了。"

5

开口的竟是田边明。亚美狠狠瞪了他一眼。

"封门犯还敢推理？脸皮够厚的啊。"

"有哪条法律规定封门犯不能推理了吗？"

"话虽如此……"

"封门犯也想要推理啊。"

"那就随你的便吧。"

"那我就开始了，"田边点了点头，"我是十一点十五分左右封的门。照理说，杀人犯行凶之后，肯定会第一时间开溜。但门口走廊的监控录像显示，杀人犯并没有离开放映厅。也就是说，凶案发生在门被封住以后，或者是被封住前不久。要是案发时间早于这个时间节点，杀人犯早就跑得没影了。综上所述，凶案应该发生在十一点十五分之后，最多往前推个几分钟。问题是，有一条线索和这个推论是矛盾的——还记得被害者的爆米花和饮料吗？这两样东西几乎都没被动过。"

和户茅塞顿开。确实如此，被害者的爆米花和饮料几乎没少。

"被害者没吃几口爆米花，也没喝几口饮料，这意味着她是电影刚开场就遇害了。可我刚才也说了，这是不可能的。唯一说得通的解释，就是爆米花和饮料被人动过手脚。"

"动过手脚？"

"我们看到的爆米花和饮料不是被害者的。要么是杀人犯用自己买的换走了被害者那份，要么就是被害者根本没买过爆米花和饮料，是杀人犯把自己买的伪装成了被害者的。"

"杀人犯为什么要这么做？"

"为了提前我们推测出的遇害时间。"

"这样对杀人犯有什么好处？"

"方便他制造不在场证明。"

"不在场证明？"

"我们之中只有一个人自称有不在场证明。"

田边将目光投向了留长发、戴眼镜的影像工作者。

"永村先生，盗摄的那段录像里确实有你的后脑勺，于是你声称自己有开场后三十二分钟内的不在场证明。如果被害者确实如爆米花和饮料的剩余量所示，死于电影刚开场不久，那你确实是有不在场证明的。但实际情况是，你对爆米花和饮料做了手脚，企图混淆视听。永村先生，你就是杀人犯。"

永村一脸的不痛快。

"我怎么又成杀人犯了？你们怎么都针对我啊?！"

"谁让你盗摄呢，大家对你都没有好感。"亚美没好气地说道。

"怎么会……"永村已是眼泪汪汪。

"不过，我倒不觉得你是杀人犯。"亚美说。

"啊，真的吗?"

"杀人犯没能离开放映厅，确实是因为门被封住了，但这件事在他的意料之外。他本想在行凶后立刻离开这里的，自然不会考虑暴露身份的可能性，也不会想到自己需要伪造不在场证明，所以田边先生的推理从根本上就是错的。"

被亚美这么一说，美男子高管显得很不甘心，却又无从反驳。

"多谢你替我说话！"永村感激涕零。

羽鸟早苗面露疑惑：

"可是……如果不是为了制造不在场证明，爆米花和饮料怎么都没少呢?"

"我的推理可以解释这个问题。"

"你的推理?"

"我知道谁是杀人犯了。"

和户惊讶地看向亚美。莫非她要再一次开始推理？此刻的她脸上洋溢着自信。

"首先我要澄清一点，上一次推理的时候，我说田边先生是封门犯。但我搞错了，封门的不是田边先生。"

"为什么这么说？"

"电影开始前，大家各就各位的时候，我看到田边先生弯下了腰，像是在捡掉到地上的东西。"

和户若有所悟，说"我也看见了"。

"当时电影还没开始，放映厅的灯也没关，所以大门还没被铁棍闩住。如果当时田边先生把铁棍贴在背上，那肯定是没法弯腰的。这足以证明田边先生不是封门犯。

"既然田边先生不是封门犯，那么铁棍是怎么被带进放映厅的呢？只可能是提前带进来，藏在了放映厅的某处，八成是用胶带贴在了座椅的背面。

"那具体是什么时候呢？我们看的是今天的第一场电影。而且直到昨天，这间放映厅都还在装修，装修期间没接待过观众，所以不可能用观众的身份进入放映厅并藏匿铁棍。也就是说，封门犯必然是以员工的身份进来的。"

"——员工？"

"很可能是清洁工。铁棍可以藏在商用吸尘器的延长管里。"

亚美环视在场的众人。

"于是下一个问题就是，我们之中的谁当过厚釜影城的清洁工呢？佐藤先生是大学老师，田边先生是公司高管，羽鸟女士是律所文员，永村先生是影像工作者，大家都有自己的工作。当然啦，兼职打工的可能性也是有的，但和户刚才已经把我们每个人的姓名和职业都报给了警方，经理肯定也听到了。如果我们之中有人在厚釜影城当过清洁工，经理肯定会注意到的。经理没有反应，就说明我们之中没有清洁工。"

"——我们之中没有清洁工？那不就自相矛盾了吗？"佐藤哲治很是疑惑地说道。

"我们这几个人里确实没有清洁工。可既然有人用铁棍从放映厅内部闩住了大门，那就说明此时此刻，偷运铁棍进来的清洁工就在这间放映厅里。唯一说得通的解释是，被害者就是那个清洁工，被害者才是封门犯。"

"被害者才是封门犯？"

"这也意味着田边先生在撒谎。"

在场的所有人看向田边。他俊朗的面庞浮现出狼狈的神色。

"那他为什么要撒谎呢？只可能是因为，我们之前得出了'封门犯并非杀人犯'这个结论，所以只要承认自己是封门犯，我们就不会怀疑他是杀人犯了。"

"哦……"

"换句话说，田边先生就是杀人犯。他之所以承认自己是封门犯，是因为他知道真正的封门犯是被害者，而死人是不会站出来否认的。"

难怪田边承认得那么痛快。被亚美误认为封门犯时，他灵光一闪，决定借机洗脱谋杀的嫌疑。

"可门要是被害者封的，她图的又是什么呢？"

"被害者是给田边先生设了一个陷阱。"

"陷阱？"

"被害者刻意引导田边先生对自己动手，还提前封住了放映厅的门，确保他无法在行凶后逃脱。被害者的爆米花和饮料几乎原样未动，也是因为她知道自己很快就要死在田边先生手上了，没有食欲。

"我认为被害者应该是电影刚开始就把门封住了。毕竟田边先生随时都有可能动手，她必须尽早封门，免得田边先生逃脱。

"田边先生谎称门是电影结束的十分钟前，也就是十一点十五分左右封住的，但他根本不知道被害者是什么时候封的门。要是他谎报了一个较早的时间点，可有人在那之后出去上过洗手间，他的谎言就站不住脚了，所以他选了一个较晚的时间点。说'自己不记得当时是几点'倒也不是不行，但我们肯定会追问他'封门的时候电影演到了哪一幕'，到时候要是答不上来，那就太不自然了，所以他只能瞎编一个时间点。"

亚美直视着田边。

"怎么样？我的推理没错吧？你为什么杀她？她是怎么逼你动手的？"

田边满头大汗，目光游移，想反驳却思路全无，最终只得无力地耷拉下肩膀。

"……我跟她——矢来杏子谈过一段时间。我只是玩玩，她却一心想跟我结婚。我怎么可能娶她呢？我跟她谈过好多次，可她就是听不进去，对我死死纠缠，还威胁说要搞黄我今天的相亲。对方可是执政党干事长的千金，闹出点什么问题可怎么得了。我求她放我一马，她说她打算今天早上来厚釜影城看最早的一场《丧尸挽歌》，可以在那之前留点时间，找个附近的咖啡馆和我谈谈。我松了口气，在咖啡馆跟她见了一面，劝她收手。可她还是不听，没说几句就撇下我进了电影院。我心想，她肯定是打算在看完电影后去相亲会场，所以我只能在电影院里杀了她以绝后患。我知道她看电影的时候习惯坐最后一排，觉得在黑暗中动手应该是不会暴露的，于是去便利店买了打包绳，进了四号放映厅。电影刚开始没多久，我就戴上手套，拿着缠成好几圈的绳子靠近她的座位……"

殊不知，一切都是矢来杏子设下的陷阱。电影刚开始，她就封死了放映厅的大门和紧急出口，确保袭击自己的田边无路可逃。莫非她以为自己只会受点轻伤？还是她做好了赴死的准备？总而言之，她是想用自己的受伤甚至死亡换取田边的身败名裂。这是多么骇人的执念啊。

"……勒死杏子以后，我本想立刻离开放映厅的，可门死活打不开。我心想，肯定是杏子做的手脚。她是想困住我，不让我逃走……"

和户的脑海中浮现出《丧尸挽歌》中的一幕。男主和女主逃进放映厅。女主变成了丧尸，男主仓皇逃窜。可大门被拖把闩住了，他无路可逃。女主血淋淋的手搭在他的肩上……说不定，矢来杏子在别的影院看过这部电影，从中得到了灵感。

"啊啊，我这辈子算是完了。会变成这样都怪你！居然被你看穿了！"

田边咆哮着扑向亚美。事情发生得太突然，和户等人根本来不及反应。在两人擦肩的刹那，田边的身体居然被甩上半空，飞向了前方。原来是亚美使出了过肩摔。只见她大模大样地走向挣扎起身的田边，补了一发火力全开的右回旋踢，正中田边的面部。田边应声倒地。和户、佐藤和永村扑上去按住了他。

亚美俯视着田边，如此说道：

"想撂倒我？先变成丧尸再说吧。"

日本踢馆之谜

第二章

ニッポンカチコミの謎

* 本章名的日语原文为「ニッポンカチコミの謎」，致敬埃勒里·奎因（Ellery Queen）昕著"国名系列"的书名及《生死之门》的日语书名『ニッポン樫鳥の謎』（中文直译作《日本樫鸟之谜》，英语原名为 *The Door Between*）。《生死之门》虽然不属于"国名系列"，但其日语译名亦采用了与"国名系列"相同的格式，本章名与其日语译名谐音。

* 埃勒里·奎因是推理文坛的传奇组合，是表兄弟弗雷德里克·丹奈与曼弗雷德·李共同的笔名，同时也是其笔下名侦探的名字。奎因是推理黄金时代的开创者，推理三巨头之一，代表作有《希腊棺材之谜》《X的悲剧》《Y的悲剧》等。

1

和户喝得酩酊大醉。

五月的夜晚，空气温热。八点刚过，街上人挤人。还有不少人穿着号衣[1]和浴衣。

今日恰逢天心祭——当地大肆宣传，说天心祭是"日本七大祭典之一"。三大祭典[2]是哪三大倒是众所周知，可"七大"这个说法就有那么点微妙了。

中午到傍晚有神轿和花车的巡游。不过，天心祭的巡游不像大阪某市的[3]那般激烈，主打一个悠闲自在。晚上还有烟花表演，商

1　衣领或背后印有徽章的日式短外衣。
2　京都的"祇园祭"、大阪的"天神祭"和东京的"神田祭"。
3　此处指的是有三百多年历史的大阪岸和田花车祭，由于花车在街上横冲直撞，因此经常造成伤亡事故。

店街摆满了夜市摊位。

和户刚跟几个阔别多日的高中同学聚了餐。谁知在转战酒吧的路上，他跟老同学走散了。订好的那家小酒吧叫什么来着？好像叫"搭来汇"，真是个怪名字……

走着走着，前方出现了一栋四层小楼。只见一楼的门上印着三个字，"大濑会"。会不会是他记错了？也许老同学订的就是"大濑会"呢。那就是这家店了，错不了。店名旁边还有个奇形怪状的标志。在门板上印标志的小酒吧倒是稀罕得很。奈何和户醉得厉害，懒得琢磨，只想尽快和老同学会合。于是他抬手去推那扇钢门，却发现门是锁着的。

怎么没开呢……和户莫名其妙，抬手使劲拍门。

"找死啊！"

伴随着一声怒吼，门被人一把拉开。说时迟那时快，和户被人揪住衣领，拽进了店里。他在惯性的作用下一路往前猛冲，栽倒在了眼前的沙发上。回过神来的时候，他已经被四个杀气腾腾的汉子围了起来。

"请问……这里是'搭来汇'酒吧吗？"

和户已经意识到不对劲了，可还是问了一声，以防万一。

"酒吧？！胡说八道！这是黑道帮派'大濑会'的总舵！"

长脸眼镜男咆哮道。

"啊，对不起……"

　　和户顿时就清醒了，连忙环顾四周。这是一间十七八帖[1]的屋子，铺着地毯，中央摆着沙发和茶几，深处有四张办公桌。墙上挂着一幅书法，上书一个"诚"字——多么标准的黑帮总舵。门上的奇怪标志大概是帮徽吧。

　　"要是道歉管用，警察早就下岗了！得糊涂成什么样才能把酒吧和黑帮总舵搞混啊！"

　　"嗯……我也被自己蠢到了……"

　　"算啦，这小子也知错了，不如就放他一马吧。"

　　面善的彪形大汉说道。

　　"是啊，何必跟这么个糊涂虫计较，"斯文瘦子帮腔道，随即看向一旁的小个子，"话说我看见门口有不少垃圾，大概是游客扔的，你去打扫一下吧。"

　　"知道了。"小个子点头应下，推开房间深处的门，消失在众人的视野中。

　　"行了，你走吧。"

　　彪形大汉催和户走人。可就在这时——

　　"啊啊啊——！死人啦！"

　　刚关上的门又开了。只见那小个子拿着扫帚，惨叫着跑了回来。

　　"小杉！别咋咋呼呼的，成何体统！"

1　一张榻榻米的面积，1帖约等于1.62平方米。

眼镜男训斥道。

"中泽哥！杂……杂物间里有具尸体！"

"什么？！"

围住和户的三个人撒腿就跑，先后冲进房间深处的那扇门。那个叫小杉的小个子紧随其后。出于职业习惯，和户也下意识地跟了上去。

门后是一条横向延伸的走廊，一路上有厨房、楼梯、电梯、洗手间及后门，最后是一间门敞开着的小房间。四个黑帮马仔全都进了小房间，看来那就是杂物间了。和户从门口探头一看，只见四人都死死盯着地面。原来地上躺着一个男人，仰面朝天，脖子上还插着一把刀。

"瞧他这身打扮，是来踢馆的吧……"

被小杉称作"中泽哥"的眼镜男嘀咕道。确实如此，倒地之人身穿防弹背心，右手握着手枪，一副要杀去敌对帮派的架势，肯定是来大濑会闹事的。今天是锣鼓喧天的天心祭，从某种角度看正是踢馆的好日子。完事后混入人群，便能躲过追捕，逃之夭夭。

"你们认不认识这个人？"

中泽看向三个弟兄。三人齐齐摇头。

"得赶紧通知老大。"

中泽自言自语，转身要走，却注意到了在门口张望的和户。

"看什么看！小杉，把他带回去，给我看住了！"

小杉把和户拽回了刚才的房间，按在了沙发上。

不一会儿，那三个马仔也回来了。中泽推着一辆轮椅，轮椅上坐着个老头。老头身材魁梧，穿着图案素雅的和服，长得凶神恶煞，周身的气场明显不同于那几个马仔。小杉跟老头鞠躬行礼，然后戳了戳和户，催他站起来。

"你就是那个稀里糊涂闯进来的？"

轮椅上的老头看着和户说道，嗓音浑厚而低沉。"是的，对不起……"和户低头认错。

"你姓什么？"

"和户。"

"我是帮主大濑。"

果然啊……肯定是马仔们把发现尸体的事情汇报给了帮主。和户想起刚才那条走廊上有楼梯和电梯，看来帮主的居室就在楼上。

"出了这种事，还是尽快报警为好。要是你们不方便的话，我可以……"

和户已经掏出了手机，却被帮主拦了下来。

"慢着。从案发地点来看，十有八九是我们的人干的。我会劝他自首的，可否请你稍等片刻，拜托了。"

说罢，帮主深鞠一躬。"老大……"几个男人之一百感交集。

"好……"

和户正要把手机塞回口袋，帮主又说道："麻烦你把手机关了，放在桌上。"和户叹了口气，乖乖照办。见他迟迟不现身，老同学说不定会打电话来问。这下可好，电话肯定是接不到了。算了，既来之，则安之。

帮主环顾在场的马仔。

"那就说说吧，是谁干的？实话实说，我是不会怪罪的。干掉杀上门来的打手可是大功一件啊。"

马仔们你看看我，我看看你，最后都摇了摇头。

"咱们这栋楼可不是外人随随便便就能进的，只可能是你们之中的某个人下的手。"

"不是我杀的。"四个马仔异口同声道。

"我可没本事捅死一个手里有枪的打手。"斯文瘦子说道。

"真拿你们没办法……"

帮主狠狠瞪了他们一眼。犀利的目光吓得他们缩成一团。

"事已至此，只有用那个法子了。"

帮主不会是要诉诸暴力吧？事情要真发展到了那个地步，我这个当警察的是一定要出面阻拦的，可我真的拦得住吗……和户头疼不已。

"您说的'那个法子'是指……？"和户战战兢兢地问道。

"当然是推理啊。"

"推理？！"

看来是华生力起效了。

帮主瞥了和户一眼，狡黠一笑。

"没错，就是推理。你是不是以为我会用暴力解决问题？开什么玩笑，我可是奎因的信徒。我的武器不是暴力，而是逻辑。"

"奎因？您说的是哪个女王吗[1]？"

帮主突然说出了一番莫名其妙的话，听得和户一头雾水。帮主仰天长叹：

"你小子居然不知道埃勒里·奎因？我告诉你，奎因是有史以来最伟大的推理小说家！瞧瞧，神龛上供着的都是他的圣典。"

和户顺着帮主的手指看去，只见墙上设有一座巨型神龛，上面整齐摆放着一排平装口袋书。书脊颜色各异，有奶白色的、蓝色的、佛青色的……书名大多是《××之谜》和《××的秘密》。定睛一看，每一部作品都至少有三个出版社的版本，有的翻译成"谜"，有的翻译成"秘密"。看来帮主是集齐了同一部作品的不同译本。不难想象，他对那位名叫埃勒里·奎因的作家是崇拜到了极点。

"三年前，奎因的作品为我开启了新世界的大门。我常跟他们几个说，有空的时候要多看看奎因的书。"

帮主扬起下巴，指了指在场的马仔。马仔们只得赔笑。帮主之所以提到"推理"，一方面是受了华生力的影响，另一方面则是因为他本就是埃勒里·奎因的书迷。

"要推理，就得先仔细勘验案发现场。去杂物间瞧瞧吧。你也一起来。"

1　"奎因"的英文是Queen，与"女王"的发音相同。

2

一行人走向杂物间时，和户问道：

"大家方便做个自我介绍吗？我只知道帮主姓什么，却不知道该怎么称呼其他几位……"

其实小杉和中泽已经对上号了，但和户还是问了一句。

"中泽。"戴着眼镜的长脸男子说道。

"广木。"面相最为和善的彪形大汉说道。

"我姓小杉。"看着很机灵的矮个子说道。

"我叫若狭。"斯文瘦子说道。

"贵帮的成员都在这里了？"

"是的，"帮主点头苦笑，"是不是在想我们人太少？大濑会确实是小门小户，算上我也只有五个人，平时都住在这栋楼里。我们是扎根本地的小帮派，半数成员是本地人。这栋楼后面的鱼菜馆就是广木的家里人开的，小杉家开的烟纸店也在这里附近。话说和户小哥，你是研究生还是助教啊？我看你像做学问的人。"

"不，我是警视厅搜查一课的探员。"

帮主和马仔们哈哈大笑。若狭擦着眼泪说道：

"你是警视厅搜查一课的探员？开什么国际玩笑，你是警察，我还是阿汤哥[1]呢，张口就来啊。"

由于和户长了张娃娃脸，朋友们都说他不像个刑警。没想到连黑帮的马仔都不信……和户怅然若失。今天他不当班，所以身上都没带证件。

"哎呀，他说他是条子，那就当他是条子吧。"

帮主大大方方地说道，随即看向和户。

"职级呢？"

"巡查。"

"了不起！"帮主中气十足地吼了一声，吓得和户腿都软了。

"这种时候说自己是个小小的巡查，而不是警部或警部补[2]，我就喜欢你这一点。哪怕警察的身份是瞎编的，甘愿从底层开始打拼的精神也是很可贵的嘛。你们几个也给我学着点。"

呃，可我真是巡查，没瞎编啊……和户心里直犯嘀咕，可最后还是憋住了。无论他说什么，这帮人都不会信的。

1　指汤姆·克鲁斯（Tom Cruise），美国男演员、制片人，拥有俊美的面孔与健美的身材。主要作品有《碟中谍》《壮志凌云》等。

2　警部与警部补都是日本警察的职级，均在巡查之上。

一行人走进杂物间。和户再次观察起那具尸体。

死者是一名中等身材、二十出头模样的男子。长袖衬衫配棉布长裤，外面还套着防弹背心。颈部左侧插着一把刀。防弹背心确实能在一定程度上抵御刀具伤害，奈何脖子露在外面，根本防不住。许是刀堵住了伤口，几乎没出血。

"这家伙是哪个帮派的？你们认识吗？"

帮主问道。四个马仔摇了摇头。

"是个生面孔。会跟我们对着干的也就田泽帮了，可田泽帮里好像没有长这样的啊……"

"翻翻他的口袋，看看有没有证件之类的东西。"

中泽检查起了死者的衬衫和长裤。身为搜查一课的探员，和户险些出言制止，但最后还是决定按兵不动。毕竟在场的人都不信他是警察，这个节骨眼上轻举妄动，怕是会被套上麻袋一顿毒打。

中泽翻完口袋，摇了摇头："口袋都是空的。"

"肯定是被凶手拿走了。能通过他穿的衣服看出点什么吗？"

中泽脱下死者的防弹背心，还掀开衬衫的下摆看了看。但和户觉得通过衣物查明身份的可能性很低，毕竟不是绣着名字的西装。

就在这时，中泽"哟"了一声，用佩服的口吻说道：

"这小子身上缠着布条[1]呢。这年头居然还有打手在踢馆前缠布条啊，倒是勇气可嘉。"

---

1 据说将布条紧紧缠在身上可在一定程度上防御刀伤（黑道常识）。

"身上有刺青吗？"

中泽说了声"稍等"，吩咐广木道："过来搭把手，扒了他的衣服。"中泽让广木抬起尸体的上半身，方便他脱下长袖衬衫，再解开缠住胸口到腹部的布条。广木不愧是彪形大汉，抬得轻轻松松。解开布条一看，死者身上并无刺青。

"乍看还挺干净的。"

"什么时候死的？"

"老大，我可不会验尸啊。"

"抱歉抱歉，入戏太深了，还当自己穿越进了奎因的圣典呢。"

"我对这方面倒是略知一二，介不介意让我凑近点仔细看看？"

和户如此提议。马仔们齐齐露出惊讶的神情。

"为了冒充搜查一课的探员，你还专门学了验尸？牛啊……"

看来他们还是不信啊。和户暗暗叹了口气，在尸体边上蹲了下来。虽然没正经研究过法医学，但他好歹是搜查一课的，见过不少尸体。再加上之前常在不当班的时候遭遇凶案，他早已练就了大致判断死亡时间的本领。

"死亡时间是下午五点到六点吧。"

"哦……"帮主点了点头，"那就依次报一下这段时间你们都在什么地方吧。"

和户连忙补充道：

"呃，但我也不是很确定，死在六点之后也是有可能的……"

"啧，瞧你这拖泥带水的……这样吧，为保险起见，就从下午五点说到发现尸体的八点多好了。我先来，五点到七点，我一直在四楼的房间里待着，谁也没见。七点的时候，你们叫我下楼吃晚饭，我在楼下待了半个小时左右，然后就回了四楼。又过了一段时间，中泽跑来找我，说杂物间发现了尸体。我大部分时间都待在自己的房间里，所以没有不在场证明。"

言及此处，帮主看向小杉：

"今晚的干烧鳕鱼味道不错。"

"多谢夸奖！"小杉激动得满面红光。

"轮到你了。"

帮主看向中泽。

"我五点到七点在楼下，若狭也在，但我中途回过自己的房间，也去过洗手间，所以不是一直都跟他在一块儿，单独行动的时候就没有不在场证明了。七点吃的晚饭，吃完以后出去转了转，八点不到回来的，然后就一直待在楼下，直到发现尸体。"

"若狭呢？"

"跟中泽哥差不多。"

"广木呢？"

彪形大汉说道：

"有人给我通风报信，说田泽帮的混混在商店街闹事，所以我在五点到六点多的时候出去过一趟。摆平以后，我顺便回了趟家。今天不是天心祭吗，好久不见的表妹来凑热闹，我就跟她聊了会儿。然后才回来吃了晚饭，吃完以后一直在一楼待着。"

"看来你是有不在场证明的。小杉，你呢？"

"我五点到六点不到在自己的房间里研究菜谱，然后去厨房做了晚饭。七点多做好以后，我就去喊了老大和几位大哥。大伙儿吃完以后，我正忙着收拾碗筷呢，这糊涂虫突然闯了进来，我只能停下手里的活儿看着他。再后来，若狭哥让我打扫一下大门口，我就去杂物间拿扫帚，就这么发现了尸体……"

"原来如此，"帮主点了点头，"如果和户先生推测得没错，人确实是下午五点到六点左右死的，广木就是唯一有明确不在场证明的人。"

"对不起，就我一个……"

广木缩起魁梧的身躯，诚惶诚恐。

"调查工作就先进行到这里吧，"帮主微微点头，话锋骤然一转，"诸位，是时候发表你们的推理了。"

3

　　和户惊讶地看向帮主，却见帮主一本正经，不像是在开玩笑的样子。马仔们也都大张着嘴，呆呆地望着帮主。

　　"这些年来，为了陶冶你们的情操，我时常推荐名著佳作，鼓励你们认真研读。"

　　说到这里，帮主抬手指向供奉在神龛上的奎因大作。

　　"此时此刻，我们有幸得到了一具尸体。小子们，学以致用的时候到了。就当这尸体是一道推理题，分享一下你们的见解吧。"

　　四个马仔扭扭捏捏，面面相觑。

　　"没人发表自己的推理吗？"

　　帮主换回平时的语气，环视在场的马仔。不知道的还以为是在招募敢死队呢。

　　"老大，我来吧！"

小杉痛下决心，举手说道。

"不错啊，小杉，有胆量！那就说说你的推理吧。"

"我的推理是从这样一个问题出发的——被害者是怎么溜进来的呢？"

"哦？"

"咱们这栋楼的前门和后门，平时基本都是锁着的。我跟广木哥住二楼，中泽哥和若狭哥住三楼，大家一般都会锁好窗户，住四楼的老大当然也一样。照理说，打手是没法轻易溜进来的，除非有内应。肯定是那个内应打开了后门的锁，把人悄悄放了进来。"

"好不容易放进来，怎么又把人给杀了呢？莫非是内讧？"

"都走到这一步了，不太可能是内讧。我觉得事实可能恰恰相反。"

"相反？"

"内应放他进来，就是为了做掉他。"

"……放他进来是为了做掉他？何必绕这么大个圈子？看谁不顺眼，直接出门杀过去不就行了？"

"因为凶手出不了门。"

"为什么会出不了门呢？"

"因为他腿脚不便。"

众人齐刷刷看向坐轮椅的帮主。中泽气得青筋暴起，大声呵斥：

"小杉！你小子怎么怀疑到老大头上了！"

"欸？"

小个子马仔愣了一下，顿时面无血色。

"对……对不起！我哪敢疑心老大啊，只是顺着逻辑推理下来，就得出了这么个结论……"

"少胡说八道！"

中泽一拳敲在小杉的头上。帮主却是哈哈大笑，不仅没动怒，反而心情大好。

"无妨！埃勒里说过，'真就是美，美就是真，哪怕你是我的老朋友，我也不能网开一面呀！我纯粹把你当作逻辑推理的符号。'义气是不能不讲的，但逻辑更要紧。接着推理吧。"

"老大……"小杉噙着泪说道，"那我就接着往下说了。老大可能是认识那个人的，早就想做掉他了，但因为坐着轮椅，没法轻易杀上门去。于是老大就决定把他引过来，老大假装成帮里的某位大哥给那个人打电话，说天心祭那天晚上会帮他把后门打开，方便他来取老大的性命。老大还告诉对方，进了后门以后，最好先去边上的杂物间躲一会儿……呃，对不起，我这套推理的前提就是咱们帮里有内应……但那个人不知道自己落入了老大的圈套。老大埋伏在杂物间里，等那个人一进来，就用刀捅死了他。"

帮主咧嘴一笑。

"你这推理倒还挺有意思的，那就让我来反驳一下吧。你说我是那人进来的那一刹那动的手，可刀分明是扎在脖子上的。我一个坐轮椅的人，能扎到对方的脖子吗？显然够不到啊。"

"您可以用枪逼他弯下腰，然后再动手。"

"哦……"

广木插嘴道：

"你的推理有个致命的问题。老大何必亲自动手？他完全可以派我们几个出马啊。"

"也是……"

小杉顿时语塞。和户不由得想，这倒是说到点子上了。"完全可以派马仔行凶"——单这一条，就足以推翻"凶手是帮主"的假设。

说时迟那时快，小杉跪倒在帮主面前：

"老大！我错了！我这就把手指剁下来给您赔罪！"

"傻小子，至于吗？书里的埃勒里也不是没出过错啊，人家剁手指了吗？你还是挺有潜力的，要在逻辑这条路上再接再厉啊。"

帮主环视马仔们。

"还有谁要推理？"

"那我来吧。"中泽举起了手。不知他是受了华生力的影响，还是不愿辜负帮主的期望。

"我仔细观察了被害者的衣着打扮，发现他身上的防弹背心和枪看着特别眼熟，跟咱们采购的一模一样。碰巧买到一样的倒也不是不可能，可防弹背心和枪都是同款，未免也太巧了。唯一说得通的解释，就是被害者偷了咱们的防弹背心和枪。查一查就知道了。"

说着，中泽出门来到走廊。和户和其他马仔紧随其后。走廊上摆着个钢皮储物柜。中泽打开柜门。

"瞧，柜子里原本有两件防弹背心，现在只剩一件了。枪也不见了。"

马仔们都凑了上去。

"还真是他偷的啊？吃了熊心豹子胆了！"

"你们想啊，要是有人在这种日子穿着防弹背心走来走去，肯定会被在周边维持秩序的那些条子盯上的。所以他应该不是穿着防弹背心来的，而是在咱们总舵搞到了背心。可是哪有打手会现找防弹背心和枪呢？所以我得出了一个结论——他压根就不是来踢馆的。"

"那他来这里干什么？"

"我猜啊，他大概是哪个弟兄的朋友或者熟人。他犯了什么事，要避避风头，帮里的弟兄就把他藏了起来。咱们几个在楼上有自己的房间，藏个人倒也不难。没想到那家伙是个忘恩负义的白眼狼，偷了防弹背心和枪不说，还想远走高飞。至于他身上的布条，应该是藏匿他的那位弟兄的。惨遭背叛的弟兄一怒之下，拔刀刺中了他的脖子。

"冷静下来之后，那位弟兄才反应过来——不能把尸体留在自己的房间里。一旦被人发现，他就完蛋了。于是，他把尸体转移到了平时没什么人去的杂物间，打算等夜深人静了再找机会抛尸。"

言及此处，中泽环视在场的众人。

"推理到这里，就出现了一个关键的问题：被害者身上的布条、防弹背心和枪都是在咱们总舵偷的，那凶手为什么不把它们放回原处呢？"

和户心头一凛。

"布条也就罢了，防弹背心和枪还是很值钱的，凶手不可能不知道。所以他的第一反应肯定是'放回原处'。再说了，万一有人发现这两样东西不见了，弟兄们肯定会对总舵进行一场地毯式搜索，尸体被发现的可能性自然就高了。为避免这种情况，把防弹背心和枪放回原处也是绝对必要的，可凶手为什么没有这么做呢？"

中泽再次环视众人。瞧瞧那推理的英姿，还挺像那么回事的。

"唯一说得通的解释，就是凶手太忙了，没空把布条、防弹背心和枪放回原处。"

"凶手太忙了？"

"和户先生推测的死亡时间是下午五点到六点前后，而尸体是八点多被发现的，因此凶手至少有两个小时物归原处，但他并没有这么做。这意味着他在这段时间里一直忙得不可开交。唯一符合这个条件的人，就是你，小杉。"

"我？"矮个马仔怪叫一声。

"没错，就是你。你六点不到就去厨房做晚饭了，七点做完以后，又忙着给大伙儿上菜，吃完了还要收拾碗筷。六点到八点一直在忙的人就只有你一个。换句话说，只有你没时间把布条、防弹背心和枪放回原处。"

小杉被噎得说不出话来，嘴巴一开一合，活像条金鱼。若狭代为反驳：

"可尸体就是小杉发现的啊。按你的逻辑，他为什么不先把布条、防弹背心和枪放回原位，然后再装出发现尸体的样子呢？"

"你不记得了吗？尸体之所以会被发现，就是因为你让小杉去打扫一下大门口，而扫帚就放在尸体所在的杂物间里。小杉又不能违抗你的命令，只能去一趟杂物间。如果他在这个时候把东西放回原位，半天不见人，大伙儿肯定会起疑心。假装没注意到杂物间里的尸体也很不自然。所以他不得不装出在那时'发现'了尸体的样子。这就是他没能把布条、防弹背心和枪放回原位的原因所在。"

"有道理……"斯文马仔点了点头，却继续说道，"不过我还有个疑问。防弹背心的体积比较大，被害者选择穿在身上带走还是可以理解的，可他何必把布条缠在身上呢？缠紧布条还是相当费时的。照理说，人偷了东西以后的第一反应肯定是尽快逃跑，与其费时费力把布条缠在身上，还不如叠几下直接带走。被害者为什么没有这么做呢？"

"嗯……"

中泽就此沉默。

4

帮主拍手道：

"不错啊，你们的推理都很精彩。看来你们几个确实认真研读了奎因的圣典，我深感欣慰。那我也发表一下自己的推理吧。"

帮主话锋一转：

"我开始怀疑被害者是不是真的来踢馆的了。原因有以下三点。

"第一，正如中泽刚才所说，今天是天心祭，如果有人穿着防弹背心四处走动，维持秩序的条子不可能注意不到。照理说，不会有人在这么热闹的日子穿成那样跑来踢馆。

"第二，没有人承认是自己反杀了被害者。如果被害者真是来踢馆的，反杀之人又何必对弟兄们保密呢？这可是大功一件，大濑会上上下下都会给他撑腰。到时候就请咱们的御用律师为他辩护，主张正当防卫，再不济也能争取个防卫过当嘛。甚至可以全体出动，悄悄把尸体处理掉。"

就是就是，老大说得对！——马仔们使劲点头，和户却想原地失聪。

"第三，被害者身上没有刺青。这说明他很可能不是道上的。哪个普通人会裹着布条，穿着防弹背心，拿着枪杀上门来？这也太荒唐了。

"基于这三点，我得出了一个结论——被害者不是来踢馆的。那他怎么打扮得跟踢馆的打手似的？其实是凶手把他打扮成了那样。"

出乎意料的结论，让马仔们一阵骚动。

"于是新的问题又来了，凶手为什么要把被害者打扮成踢馆的打手呢？在探讨这个问题之前，不妨先琢磨一下'被害者原本是什么打扮'。咱们认定他是来踢馆的，主要是基于布条、防弹背心和手枪这三个要素。其中之一或者更多是凶手为了混淆视听加上去的。那么，哪些是凶手的手笔呢？防弹背心和手枪还是很容易伪装的，背心一套就行，手枪就更方便了，塞到被害者手里就成。给被害者缠布条就麻烦多了，得先脱掉人家原来穿着的衣服，紧紧缠上布条，再把衣服套上。给站着的人缠也就罢了，那可是一个倒在地上的死人啊，简直难于登天。所以我推测，被害者身上本来就缠着布条，防弹背心和手枪才是混淆视听的伪装。

"也就是说，'被害者身上原本就缠着布条'这一点对凶手有所不利，因此凶手给被害者套上了防弹背心，还给人家配了枪，制造出了被害者来踢馆的假象。

"那么，为什么'被害者身上原本就缠着布条'这件事会对凶手不利呢？除了踢馆，现代人还会在什么情况下缠布条呢？咱们不妨开动脑筋想一想——若狭，你有头绪了没？"

突然被帮主点名的斯文马仔直翻眼珠。

"没……没有。"

"除了踢馆，现代人在身上缠布条还可能是为了祈求母子平安、用作产后的体形矫正器具或者穿和服时的裹胸布。问题是，这些情况都只适用于女性，而被害者是男性。唯一说得通的解释就是——被害者死前参加了祭典。"

"——祭典？"

在场的所有人都不约而同地重复了这个词。

"没错，祭典。众所周知，参加祭典的时候，普通人也会在身上缠布条，然后套上号衣。而今天恰好是本镇举办日本七大祭典之一——天心祭的日子。被害者极有可能参加了天心祭。既然凶手把被害者伪装成了踢馆的打手，那就说明他不想让别人知道被害者参加了天心祭。"

"凶手为什么要隐瞒这一点呢？"

帮主咧嘴一笑，直教人不寒而栗。

"问得好。为什么凶手不想让别人知道被害者参加了天心祭呢？我是这么推测的——也许被害者就是因为参加了天心祭才死的，而此事一旦曝光，会严重影响天心祭的名声。"

"……被害者是因为参加了天心祭才死的？怎么说？"

"说起'祭典闹出人命'，大家最先联想到的大概是横冲直撞的神轿或花车造成的事故，但天心祭并没有这种高危环节。那就只可能是食物中毒了。"

"食物中毒？"

"美食是祭典的标配。如果被害者是在参加祭典时食物中毒，最后一命呜呼，天心祭的形象定会严重受损。凶手就是不想让事情发展到这一步，才会想方设法隐瞒被害者参加了天心祭的事实。他脱下了被害者的号衣，换上普通的衣服，再把人打扮成踢馆的打手，并将尸体放在了大濑会总舵。这不仅是为了掩盖被害者缠着布条的理由，凶手还抱着一丝期望——也许大濑会不敢与其他帮派起冲突，会选择秘而不报，偷偷处理掉尸体。

"那凶手到底是谁呢？他显然是不希望'天心祭闹出食物中毒'一事曝光的人。唯一符合这个条件的，就是家里开鱼菜馆的广木。"

广木吓得一哆嗦，浑身都僵住了。

"祭典结束后，家人打来电话，说有个参加祭典的人在店里食物中毒，已经断气了，问你该怎么办。大概是吃了没处理好的河豚吧。要是不想想办法，鱼菜馆肯定会被勒令停业。对你家开的那种小店来说，停业是生死攸关的大问题。天心祭的声誉也会因此一落千丈。你是个孝顺的人，必然会跟家人打包票，说'这事儿包在我身上'。被害者死于下午五点到六点，你有那段时间的不在场证明，但被害者的真正死因是食物中毒，你有没有不在场证明都无所谓。

"你就这么把尸体背回了总舵。走前门太惹眼了，所以你应该走了后门。你家的店就在这栋楼后面，几乎没有被人撞见的风险。接着，你给被害者套上大濑会的防弹背心，把枪塞到他手里，在他脖子上捅了一刀，假装他是被捅死的。伤口没出几滴血，因为你捅的是一具尸体。你就这样把参加祭典的人伪装成了踢馆的打手，还想让弟兄们替你处理尸体。唉，你小子也太见外了，实话实说不就好了？只要你一句话，弟兄们都会撸起袖子帮你毁尸灭迹的啊。"

"老大……"广木眼含热泪，"对不起，我不该把自家弟兄蒙在鼓里的，让您为难了……我会去自首的。"

"嗯。要是情况允许，我也想帮你把这事儿摆平了，可我刚才都答应这位和户先生要让凶手去自首了，黑道之人最讲究诚实守信……"帮主如此说道，"就用那句话收尾吧。Quod erat demonstrandum[1]——证明完毕。"

【引用出处】

《西班牙披肩之谜》埃勒里·奎因著／越前敏弥、国弘喜美代译（角川文库）[2]

1　拉丁语，意思是"证明完毕"。

2　本引用出处系原书就有。——编者注

第三章

西行慢车谋杀案

リタイア鈍行西へ

* 本章名的日语原文为「リタイア鈍行西へ」，致敬麻耶雄嵩所著
短篇小说《向西行驶的西伯利亚特快》（日语原名为『シベリア
急行西へ』）。章节名中文翻译致敬阿加莎·克里斯蒂《东方快
车谋杀案》（英语原名为 *Murder on the Orient Express*）的中文
译名。

1

台风远去，碧空如洗。

十月二十日。天空万里无云，直教人怀疑前一天的暴风雨是一场梦。

一列老旧的内燃机车停靠在鲤川线春野站的站台。

据说这车是JR[1]淘汰下来的，历史能追溯到国铁时代。仅有一节车厢，两端均设有驾驶台。

和户走进车厢，挑了个中间的座位，卸下背包。列车采用两两一组的横排座椅布局，座位都朝着行进方向。他是第一个上车的，此时车厢内还没有其他乘客。

片刻后，一对看起来年逾古稀的夫妇上了车。老先生头戴圆

1　日本铁路公司（Japan Railways）的简称。JR是日本大型铁路集团，其前身为日本国有铁道（简称"国铁"，缩写为"JNR"）。

顶礼帽，配了一副老派的粗框眼镜。他用右手推眼镜的动作行云流水，颇有退休大学教授的风范。老太太则戴着针织帽，端庄大气。夫妻俩穿着剪裁考究的秋季大衣，气质出众，简直能给铁路公司的"满月游"[1]套票当广告代言人了。他们选择了紧挨车头驾驶台的座位。

第四位上车的乘客是三十多岁的男士。他身着羽绒服，脖子上挂着一台相机，八成是铁路发烧友。他选了个靠后的座位。

第五位和第六位乘客都是八十多岁的老大爷，但他们似乎不是一起来的，分别坐在了和户附近的两排座位上。

第七位乘客是二十出头的年轻女子，相貌惊人地出众，浑身上下散发着倾倒众生的光彩。只见她坐在了最后一排，无比怀恋地环视车厢。目光相交时，和户赶忙看向别处。

最后，列车司机拖着行李箱走进车厢。司机个子很高，穿制服很是相宜。安装好驾驶手柄后，他拿起麦克风说道：

"感谢各位乘客对鲤川线的支持，本次列车即将发车。"

司机按下关闭车门的按键，坐上驾驶座。列车伴随着内燃机特有的轰鸣缓缓启动。鲤川线无人售票，由司机兼任乘务员。

列车穿过春野站周围的居民区，驶入田野，向远处的山峦进发。

1　JR在1981年推出的旅行套票，面向双方年龄相加大于88岁的夫妻，可在一定时间内无限次乘坐JR所有线路的软座，2022年10月停售。

好不容易请到了几天假，和户决定来中国地区[1]走走看看。他厌倦了在东京没日没夜查案的生活，想趁此机会尽情享受乡村的宁静。

掏出手机一看，片濑亚美发来一条消息——亚美隶属于警视厅警备部麾下的特种部队SAT。他们相识于前年十二月的雪山民宿凶杀案。和户被绑架时，也是多亏了亚美力挽狂澜。他们还一起去看过电影，结果在电影院又碰上了一起凶案。亚美的颜值堪比模特，气场却十分凌厉，直教人联想到豹子。她知道和户有某种特异功能，对他还挺感兴趣。

听说和户能请假出去旅游，亚美别提有多羡慕了。她所在的SAT正忙着应付名为"混沌"的恐怖组织惹出来的麻烦事——"混沌"从东京都内的一家研究机构偷走了一种名为"东方毒素"的剧毒物质。在此次行动中，有一名成员落网。他交代了"混沌"的据点位于何处，于是警方立刻派SAT前去突袭。谁知该组织的其余成员早已逃之夭夭，警方扑了个空。

警方反复审讯那名被捕的成员，可惜此人并不清楚"东方毒素"的具体用途，称"这件事只有几个大领导知道"。他只听说过"东方毒素"可能会被投放在某个水库，用于污染供水系统。警视厅立即对东京都内的各大水库展开排查，并将此事上报警察厅。警察厅随即指示各府县警加强对辖区内水库的巡逻排查。

1　指日本本州岛西部的山阳道、山阴道地区，包括鸟取县、岛根县、冈山县、广岛县和山口县。

"混沌"共有四名首脑，三男一女，均为三十多岁。据说他们在其他成员面前一直互称"春""夏""秋""冬"。"春""夏""秋"为男性，"冬"为女性。

这些天，各路媒体都在大肆报道此事。幸好搜查一课不用管这种危险的案子，和户颇感庆幸。查普通的凶案多自在啊，他可不想跟恐怖分子硬碰硬。

列车先后停靠了夏村站和秋谷站，但都没有乘客上车，也不知道这条线路能不能盈利。甚至不仅是没人上车，八十多岁的老大爷之一还在冬川站下了车。于是车厢里就只剩下六位乘客了，分别是和户、古稀夫妇、另一位八十多岁的老大爷、年轻女子和铁路发烧友。

列车悠然穿行于群山之间。和户看着窗外的景色，困意阵阵来袭，想必是连日办案和长途旅行的疲劳所致——

2

身体被毫无征兆地甩向前方，头好像撞到了什么东西。和户就这么生生痛醒了。

将人推向前方的力量并没有立刻消失。耳边响起刺耳的噪声，还有乘客的尖叫传来。

和户抬起身子，环顾四周，只见窗外的景色正在疯狂减速。他这才反应过来——司机在急刹车。过了一会儿，列车才完全停下。

"怎么了？！""出什么事了？！"

各处的乘客七嘴八舌道。

"非常抱歉，由于前方发生了山体滑坡，我们不得不紧急停车。"

车厢内响起了司机的广播。

山体滑坡？和户起身望去，发现前方的铁轨确实被泥石盖住了，而且被盖住的地方离列车不过几米远，可谓千钧一发。

铁轨左边是陡峭的山崖。可能是昨天的台风使地基出现了松动，导致了山体滑坡。

"山体可能会继续滑坡，请大家立刻下车避难。我这就安装逃生梯。"

司机拿着梯子走出驾驶室，手动打开靠近车头的右侧车门，将梯子拉开架稳。

"请您先下车。"

司机对最后一排那位二十出头的女性说道。

"让老人家先下吧，我可以最后一个走……"

"是这样的，最好有年轻人在下面接应，以免老人家下车时失足跌落，所以请年轻人先下。"

听司机这么说，女子起身走到门口，轻巧地爬下梯子。

在司机的指挥下，和户第二个下车。铁轨右侧有一条河，那想必就是鲤川了。站在地上抬头望去，感觉列车比想象中更为巨大。

第三个下车的是三十多岁的铁路发烧友。他每一步都晃晃悠悠的，看着都替他捏把汗。

第四个下车的是八十多岁的老大爷。不得不说，老大爷的那动作可比铁路发烧友敏捷多了。可能是住山区的老人家运动量大，腿脚更加灵便。

第五个下车的是古稀夫妇中的老太太，老先生紧随其后。这两位的动作也相当利索。莫非是平时常去健身房？

透过车窗，可以看到司机的头缓缓从车头移向车尾，大概是在检查车厢内还有没有乘客。

片刻后，司机现身车门，顺着梯子爬了下来。不知为何，他的神情有些僵硬。

"车里有一具男尸……"

"在哪里？"和户问道。

"车尾的驾驶室。看起来……像是被人害死的。"

"——被人害死的？"

和户立即爬梯子回到车厢内。

"哎，不行不行！"司机急忙跟了上来。

"抱歉，我是警视厅搜查一课的探员。"

司机显然不相信和户的解释，脸上写满了怀疑。和户对此习以为常，可还是有那么点沮丧——我就这么不像个刑警吗？

驾驶室左侧是驾驶座，右侧是副驾驶（乘务员）座，后侧隔板的中间有一道隔开客舱和驾驶室的门。驾驶座后方的隔板是顶天立地的，但副驾驶座后方的隔板比较矮，跟客舱座椅的靠背一般高。因此，只需靠近副驾驶一侧的隔板，就能清楚地看到驾驶室内的情况。

只见一具男尸仰面倒在驾驶座和副驾驶座之间。死者看起来三十多岁，身穿灰色薄毛衣和蓝色牛仔裤，左胸插着一把刀。刀口下方的衣物被染成了暗红色。

"我把山体滑坡的情况上报给了调度中心，中心给的指示是开回冬川站。于是我就想进车尾的驾驶室准备一下，结果……"

"——我没见过这个人。您认识他吗？"

"我也是头一回见。"

"这样吧，我用手机拍一下被害者的照片，请其他乘客辨认一下，看看有没有人认识他。"

和户掏出手机，拍了几张被害者的照片。粗略看去，他好像没带行李。难道他不是游客，而是本地人？

和户翻了翻被害者胸前的口袋和牛仔裤的口袋，寻找能证明身份的证件。谁知口袋里空无一物，既没有手机，也没有钱包——这也太反常了。唯一的可能是凶手取走了那些物证，以便隐瞒被害者的身份。毕竟手机里都是个人隐私，而钱包里可能装着驾照、信用卡等证件。

和户再次下车，向其他乘客展示被害者的照片。众人战战兢兢地看了几眼，都说"不认识"。

八十多岁的老大爷侧着头问道：

"这人藏在驾驶室里干什么啊？"

"也许他是个铁路发烧友，想在驾驶室里看看风景？"

古稀夫妇中的老先生抱着胳膊，给出了自己的推测。

和户说道：

"车头的风景也就罢了，车尾的风景恐怕没什么吸引力吧。再说了，被害者要真是个铁路发烧友，应该会带长焦相机之类的装备，可他什么都没带。"

"会不会是跟踪狂啊？"

这回轮到老太太发言了。

"跟踪狂？"

"说不定被害者一直在跟踪车上的某个人，但这趟车只有一节车厢，很容易暴露，所以他就躲去了车尾的驾驶室。"

"跟踪狂啊……这思路不错！"

老先生连连点头。

有道理啊……和户也颇感佩服。驾驶室的右半边，就是副驾驶座所在的那一侧后面的隔板较低，只要胆子够大，溜进去就不是难事。然后往地上一坐，客舱内的乘客就看不到他了。对跟踪狂来说，还真是一处理想的藏身之处。

乘客们开始推理了，看来是华生力起了作用。

"那他跟踪的是谁呢？"

和户抛出了这么一个问题。众人互相打量起来。八十多岁的老大爷、古稀夫妇、三十多岁的男士跟和户都不像跟踪狂会纠缠的人。那就意味着——

"……可能是我。"

二十出头的年轻女子畏畏缩缩道。

"他纠缠过你吗？"

"那倒没有，我没见过他，但我确实碰到过好几个跟踪狂……"

"那可太吓人了。"

言及此处，和户才觉得她眼熟。莫非在电视广告上看到过？

"请问……您是偶像艺人吗？"

"嗯……"她难为情地点了点头，"我叫三泽梨花。"

"您没有经纪人陪同……应该不是出差吧？"

"嗯，我这次是回家探亲的。我老家就在这条线路的终点站四季镇。"

"哦！早就听说咱们四季镇出了个偶像，原来是你啊？"八十多岁的老大爷眯起眼睛，"我叫原口泰造，也是四季镇的。"

"我认得您，您家就在我们小学边上吧。"

"哟，你认得我呀！那可太荣幸了……"原口笑开了花，随即环顾四周道，"大家都做个自我介绍吧。不知道名字，聊起来多不方便啊。"

"我叫玉川哲治。"

古稀夫妇中的老先生说道，用左手推了推粗框眼镜。

"我是他爱人富美子。"

一旁的老太太调整了一下针织帽的角度。

"我……我叫田岛直树。"

三十多岁的男士说道。

和户也报上姓名。

"话说回来，假设死者真是跟踪狂……不好意思啊，三泽女士，我接下来说的，您听了可能会不太舒服——跟踪狂伤害跟踪对象是常有的事，可跟踪狂本人受到伤害就很稀罕了。谁会拿刀捅跟踪狂呢？"

"八成是三泽女士的粉丝，"原口说道，"凶手发现了藏在驾驶室里的跟踪狂，为了保护偶像痛下杀手。"

"有道理，这个可能性确实很高。"

"下一个需要解决的问题是'被害者在何时遇害'。列车行驶期间，三泽女士就坐在副驾驶座跟前。如果凶手靠近副驾驶座，她一定会注意到，所以被害者不可能是在列车行驶期间遇害的。那会是什么时候呢？只可能是发车前了。其实车门很早就开了。也许凶手和被害者是那段时间上的车，在车尾的驾驶室里实施了犯罪——哎，第一个上车的是谁来着？"

3

众人面面相觑。

"是我……"和户说道，"第一个上车的应该是我。"

"那你就是凶手。你发现了躲在驾驶室里的跟踪狂，杀了他以绝后患。"

华生力起效确实可喜可贺，可是被指认为凶手就不太美了。

"说不定凶手是在我之前上了车，发现了被害者并将其杀害，然后暂时下车，过了一会儿再若无其事地回到车里呢？"

"确实存在这种可能性。"

这时，田岛插嘴道：

"就算被害者不是在行驶期间遇害的，那也未必是发车前啊，万一是停车后呢。"

"——停车后？"

"司机师傅不是先让我们下车，然后在检查车厢时发现了尸体吗？那时被害者也许还活着。可能是司机师傅在检查的过程中用电光石火般的速度把他给干掉了。"

司机一脸错愕，连忙摆手道："不是我干的啊！"

"不可能，"和户明确表示，"尸表的特征显示，当时被害者已经死亡十多分钟了。如果是刚死的，尸体应该更新鲜才对。"

"你怎么知道？你是医生啊？"

"实话告诉大家，我是警视厅搜查一课的探员。"

"——搜查一课？"

在场的所有人都和片刻前的司机一样面露怀疑，这让和户颇感沮丧。都怪这张毫无威严的娃娃脸，大家不相信他是刑警。

"你带证件了吗？配枪了吗？"

"我今天不当班，所以没带。证件和枪支都是严格管控的，不当班的时候不能随身携带。"

"你没忽悠我们吧？"

"当然没有。"

和户在脑海中的备忘录里记下：回头跟组长提一下，要多向大众宣传普及警察并不是一年到头都随身携带证件和枪支的。

这时，司机清了清嗓子。

"我好像知道凶手是谁了。"

看来华生力也对司机起了作用。

"被害者藏在了车尾的驾驶室里。凶手之所以能发现他，肯定是因为他往驾驶室里看了。可一般人不会看车尾的驾驶室，除非是铁路发烧友。那么，在场的哪一位是铁路发烧友呢？"

所有人的目光都投向了脖子上挂着相机的人。

"没错，就是田岛先生。田岛先生比和户先生更早上车，以便仔细观察车厢的角角落落。逛到车尾的驾驶室时，他发现了藏在里面的被害者。被害者情急之下扑了上来。在搏斗的过程中，田岛先生夺下了刀，捅向对方……"

"我……我不是铁路发烧友，对驾驶室不感兴趣。"

"那你脖子上挂着的相机是拍什么的？"

"我是专业的野鸟摄影师，这台相机是用来拍鸟的。"

"真的假的？"

"千真万确，喏，你们自己看。"

田岛打开相机，在液晶屏上展示之前拍摄的照片。还真是清一色的鸟，一张跟铁路有关的照片都没有。看来他确实是野鸟摄影师。

"所以我不会为了观察车厢的角角落落抢先上车，也不会去看驾驶室，更不可能发现藏在里面的被害者。我可不是凶手。"

"确实如此……"司机向田岛鞠躬道歉，"对不起，错怪您了。"

"我好像知道凶手是谁了，"老太太玉川富美子发话了，"大家的推理都是以'凶案发生在发车之前'为前提的，可这个前提真的对吗？"

"您不这样认为吗？"

"如果凶案发生在发车之前，凶手大可跑得远远的，何必坐这趟车呢？"

"还真是……"

"因此，如果凶手就在我们之中，那就意味着他没能逃走。为什么没能逃走？因为凶案其实发生在列车行驶期间。那时乘客们都在看前方或两旁的风景，没人会留意车尾的驾驶室。而且内燃机的噪声比较大，车里稍微有点响动，大家也听不见。假设凶案是在行驶期间发生的，那么凶手显然就是座位最靠近车尾驾驶室的人。"

"您是说我吗？"

三泽梨花惊愕不已。

"没错，凶手就是你。盼着跟踪狂死的又岂止粉丝——最希望跟踪狂一命呜呼的当然是被跟踪的那个人。你说你之前没见过被害者，但他已经纠缠你很久了，对不对？列车行驶期间，你在偶然回头时发现了藏在驾驶室里的跟踪狂。你忍无可忍，于是就笑眯眯地接近了他，让他放松警惕，然后用护身的小刀把人给捅死了。"

4

听到这里，三泽梨花莞尔一笑：

"凶手不是我。"

"你有证据证明自己的清白吗？"

"要证明我不是凶手，最好的方法莫过于揪出真凶。请大家听一听我的推理吧。"

她似乎也受到了华生力的影响。

"麻烦大家回到车厢，这样解释起来比较直观。"

于是众人爬梯子回到了车厢内。

"我的推理基于和户先生给大家看的被害者照片。"

"——被害者的照片？"

"我注意到了插着刀的左胸。刀口下方的衣物被染成了暗红色。也就是说，血是从刀口往下流的。大家自己来看看就知道了。"

说着，她探头看向车尾的驾驶室，胆子大得吓人。莫非当偶像有助于锻炼胆量？和户和三泽梨花之外的人也战战兢兢地看了几眼。

"确实如此，"玉川富美子说道，"可这能说明什么呢？"

"大家就不觉得奇怪吗？被害者明明是仰面朝天躺在了驾驶室的地上，照理说，血应该会从刀口均匀流向四周，呈同心圆状。可实际情况是，血流向了刀口的下方。要让血流成那样，被害者——至少是被害者的上半身需要在一段时间内保持垂直状态。由此可见，被害者是在驾驶室以外的某个地方以'至少上半身垂直'的状态被捅死的。血止住以后，尸体才被转移到了驾驶室。"

"被害者是在驾驶室以外的地方遇害的？那会是哪里呢？"

"在这趟列车里，在驾驶室外，且能让上半身保持垂直的地方就只有客舱的座位了。所以被害者被捅死的时候是坐在座位上的。"

"驾驶室里也有给司机坐的位置啊。"

"司机的座位紧挨着驾驶台，周围空间很小，凶手很难在那样的地方挥刀伤人。而且司机的座位不同于客舱的座位，坐垫很窄，靠背也很小，尸体很快就会滑落下来，上半身垂直的时间不足以让血全部流向刀口下方。综合这些因素，'尸体原本坐在客舱的座位上'才是最合理的推测。"

"你这么熟悉驾驶室的配置啊？"

"因为上初中和高中的时候，我每天都坐这条线上学，经常站在驾驶座后面看车头的风景。"

对啊，她的老家就在终点站四季镇。

"大家是基于'被害者藏在驾驶室'这一点认定他是跟踪狂的，但如果被害者不是一开始就藏在驾驶室，跟踪狂这个前提就站不住脚了。"

"那尸体怎么没在座位上待着，而是跑到了驾驶室里？"

"有人转移了尸体。"

"谁啊？凶手吗？"

"不好说，但我们可以从这个问题入手——转移尸体这件事能在什么时候做呢？"

"我们这些乘客在车上的时候肯定是不行的。"

"对，所以只能趁乘客不在车上的时候转移。"

"乘客不在车上的时候……你是说在发车前？"

"也许凶案发生在其他乘客还没有上车的时候，当时车上只有凶手和被害者，行凶后，凶手将尸体从座位转移到了驾驶室。但玉川女士刚才指认我的时候也说了，被害者很可能是列车行驶期间遇害的，因此我认为，转移尸体这件事发生在发车前的可能性很低。"

"那是什么时候转移的呢？"

"因山体滑坡停车后，乘客们都撤到了车外。那段时间，车上也是没有乘客的。"

"……啊？"

"当时所有乘客都下了车，只有一个人有机会在不被任何人撞破的情况下转移尸体。"

和户下意识地看向了那个人——司机。

"乘客疏散完毕后，司机师傅从车头走到了车尾，乍看像是在检查车上还有没有人。其实他就是在那个时候把尸体从座位拖去了车尾的驾驶室。由于车窗的位置比地面高出许多，我们这些站在地上的乘客只能看到司机师傅的头，看不到他拖动的尸体。顺便一提，如果司机师傅拖动尸体时面朝车头，背对车尾，站在地上的乘客就会觉得他在倒着走，看着就不像是在检查车上还有没有人了，所以他应该是面朝车尾，把手放在背后拖的。"

"司机师傅确实有机会转移尸体……"

可就在这个节骨眼上，和户注意到了一个问题。

"你说尸体是从座位转移去驾驶室的，可被害者并没有坐在座位上啊。每个人上车的时候我都稍微看了一下，这点把握还是有的。"

"被害者乔装打扮成了老人家。"

和户下意识地看向玉川夫妇和原口。他们三个也是你看看我，我看看你。

"……乔装打扮成了老人家？为什么啊？再说了，如果被害者真的伪装了自己，那他一死，车上应该会少一位老人家啊？可乘客还是这么几个人，并没有少，这又是为什么呢？"

"请允许我稍后再解释被害者乔装打扮的理由。至于老人家为什么没有少，那是因为有人替代被害者伪装成了老人家。"

"……替代？"

谁替代了被害者？年长的乘客共有三位，其中玉川富美子是女性，可以排除。莫非替代被害者的人，就在其余的两个人之中？和户回忆了一下他们上车时的情况，奈何他当时将两人归入了"老人家"的范畴，并没有多加关注，因此也无法判断眼前的老人有没有被调过包。

"先明确一下谁是凶手吧。正如我刚才所说，被害者乔装打扮成了老人家。然而，尸体被发现的时候，被害者已经移除了伪装，恢复了原貌。被害者显然不可能自行移除伪装，那移除伪装的会是谁呢？是转移尸体的司机师傅吗？问题是，移除伪装还是挺费时间的，光转移尸体这一项任务就够司机师傅忙活的了，他肯定没工夫管被害者的伪装，所以移除伪装的不是司机师傅。"

"那还能是谁呢？"

"凶手。行凶后，凶手坐在座位上移除了被害者的伪装。车厢里的座位是横放的，有靠背挡着，前后两侧的乘客都不容易发现。

"那么凶手究竟是谁呢？被害者是在列车行驶期间遇害的，因此凶手很可能是坐在他身边的人。再加上移除伪装需要一定的时间，这意味着凶手必须一直待在被害者身边。老人家身边一直有人坐着——符合这一条件的，就只有玉川夫妇了。被害者是玉川先生，凶手是玉川太太。"

和户看向古稀夫妇。

"现在这位玉川先生不是我们原先看到的那个人。我们的注意力都放在了礼帽、眼镜、大衣这几个特征上，所以没察觉到长相的差异。"

"胡……胡说八道！我怎么就成冒牌货了！"

"玉川先生"慌忙狡辩，用左手推了推眼镜。

关键时刻，和户注意到了一个细节——老先生的惯用手变了。刚上车的时候，明明是用右手推的眼镜，现在却换成了左手。"玉川先生"确实换过人。

"被害者穿着薄毛衣和牛仔裤。在城里也就罢了，可这里是山区，这个季节出门肯定得加件外套。被害者之所以没穿，是因为移除伪装的人把他假扮别人时穿的外套给脱了。

"疏散乘客的时候，司机师傅是这么说的——'最好有年轻人在下面接应，以免老人家下车时失足跌落，所以请年轻人先下'。乍一听合情合理，但司机师傅如此安排的真正原因，是为了不让'年轻人'——也就是我、和户先生和田岛先生发现玉川先生不见了，防止我们目击到乔装到一半的替代者。"

"替代者又是谁呢？"

"是在冬川站下车的那位老大爷。他确实下过一次车，但下车后立刻沿站台走向了车尾。刚走出我们的视野，他就从列车侧面的司机专用门溜进了车尾的驾驶室，躲了起来，然后在山体滑坡后以'玉川哲治'的身份出现在了我们面前。"

"编，你再编……"玉川富美子咬牙切齿道。

就在这时——

三泽梨花突然撞向玉川富美子。老太太站在敞开的车门旁。被人这么一撞，她顿时就失去了平衡，尖叫着跌出了车厢。

"你……你这是干什么！"

和户逼问三泽梨花。但"玉川哲治"的反应比他更快，已然扑了过去。三泽梨花灵巧闪避，让他扑了个空，还对准他的臀部踹了一脚。"玉川哲治"也惨叫着摔了出去。

倒地的老夫妻很快就爬了起来，腿脚似乎也没扭伤。这身手也太矫健了，怎么看都不像是古稀老人。

"快把梯子拉上来！"

三泽梨花对和户喊道。和户仍是一头雾水，但还是跟她一起收回了梯子。"住手！"司机怒吼着冲了过来。紧要关头，田岛举起相机一通乱挥，命中了司机的下巴，将人当场砸晕。

"麻烦您关门发车！"

三泽梨花对原口大喊。老大爷点点头，冲进驾驶室，按键关门，然后拔下驾驶台上的手柄，跑进车尾的驾驶室，移开尸体，安装手柄。他一推手柄，列车便缓缓后退起来。

"亏你知道我开过这车。"

原口握着手柄，难掩喜色。

"小学老师跟我们提过，说住在学校隔壁的老大爷年轻的时候是鲤川线的司机。"

"古稀夫妇"嚷嚷着追了过来，但内燃机车不断加速，不一会儿就把他们甩开了。司机仍是不省人事。

田岛一脸疑惑：

"不过话说回来，玉川富美子、假扮她丈夫的被害者、替换了被害者的老大爷和司机怎么都掺和进来了啊？"

三泽梨花如此回答：

"因为他们四个是'混沌'的首脑。"

5

"'混沌'的首脑？就是电视上说的那个，从研究机构偷走了毒药，到现在还没被一网打尽的恐怖组织？"

"据说'混沌'的首脑是三男一女，年纪都是三十多岁。掺和进这起凶案的恰好也是三男一女。自称玉川富美子的老太太、所谓的玉川先生和假装在冬川站下车的老大爷都是年轻人假扮的。在逃的恐怖分子乔装打扮一下再正常不过了。"

和户这才想起，爬梯子下车时，玉川夫妇的动作很是灵活，原来那并不是日常健身的成果，而是因为他们根本就不是老人家。

"而且四人之一是鲤川线的司机，而鲤川线的终点站是四季镇。听说'混沌'的首脑们平时都是用'春''夏''秋''冬'相称的，也许他们的灵感就来自'四季镇'这个地名。"

"可'混沌'的大本营不是在东京吗？这么一个恐怖组织的首

脑怎么会在乡下开火车啊？"田岛仍是一脸的难以置信。

"现在互联网这么发达，在远离东京的地方从事其他职业，也不会妨碍他们搞恐怖活动。"

"话是这么说……可司机也就罢了，另外三个人怎么就跑来坐鲤川线了呢？"

"我觉得，他们可能是打算把偷出来的剧毒物质'东方毒素'投进四季镇的水库。"

"……四季镇的水库？四季镇还有水库吗？"

"有的。谁知走到半路，原先的'玉川先生'打起了退堂鼓，想要退出这个计划。坐在她边上的'玉川太太'情急之下拿刀捅死了他——也不知道她的真名叫什么。

"可麻烦的还在后头。如果被害者以伪装成老人的状态被人发现，人们就会猜到他们几个都乔装成了老人家。于是玉川太太决定先移除被害者的伪装。她擦掉了被害者涂抹在脸上和手上的粉底，还有用化妆刷画出来的皱纹和色斑，摘下了礼帽和眼镜，脱下了大衣。我刚才也说了，因为座位是横放的，后面的乘客不会看到的。

"但问题还没有彻底解决。一旦移除被害者的伪装，'玉川哲治'就会凭空消失。这样很容易引起其他乘客的怀疑，所以必须让另一个人变身为'玉川哲治'。于是，另一位假扮成老大爷的男性首脑在冬川站假装下车，实则趁我们不注意从司机专用门溜进了车尾的驾驶室。反正司机也是自己人，肯定会等到他顺利进入车尾驾驶室后才发车。他的任务是找机会回到客舱，戴上礼帽和眼镜，穿上大衣，化身为'玉川哲治'。

"他们应该是借助LINE[1]之类的工具沟通的，因为直接说话可能会被我们听到。

"谁知一个意外从天而降——山体滑坡了。列车停在了半路上，首脑们无法偷偷离开。尸体一旦在这种情况下被人发现，坐在旁边的玉川太太就是头号嫌疑人，因此他们必须将尸体转移到列车的别处。可是转移到其他的座位是行不通的，万一我、和户先生、田岛先生和原口先生之中有人记得那个座位原来没有人呢？到时候大家就会意识到，尸体是被转移过的。于是他们选择了一个我们都不会注意的地方，转移尸体以后不容易露馅的地方，也就是车尾的驾驶室。把尸体藏在那里还有一个好处：在尸体被发现后，还能谎称被害者是跟踪狂。

"停车后，司机师傅说山体可能会进一步滑坡，让乘客全体下车，然后假装检查车里还有没有人，趁机将尸体从客舱转移到了车尾的驾驶室。"

"可司机师傅刚把尸体转移好，就当着我们的面'发现'了尸体，这又是为什么呢？出了这种事，乘客肯定是走不了的，到时候还要调查每个人跟被害者的关系，发现尸体的时间难道不是越晚越好吗？"

"那是因为司机师傅刚转移好尸体，调度中心就下达了指令，

1　即时通信软件，是日本最常用的聊天软件，功能类似于中国的微信。——编者注

让他把车开回冬川站。要往反方向开，就必然要进入车尾的驾驶室。这样都无知无觉肯定是说不过去的，所以他不得不假装'发现'尸体。"

要不是车上有和户、三泽梨花、田岛、原口泰造这么几个外人，"混沌"的首脑们恐怕也不用费这么多心思了。

"对了，'混沌'偷走的'东方毒素'应该就藏在列车的驾驶室里。大概在司机师傅的行李箱里吧。"

和户急忙跑向现在的车尾驾驶室，打开放在驾驶座旁边的行李箱，果然找到了五根塑料管。

三泽梨花的经纪人要是知道自家艺人破了这么一起大案，怕是会欣喜若狂，说不定还要把她包装成"名侦探偶像"呢。

二的奇剧

第四章

二の奇劇

* 本章名的日语原文为「二の奇劇」，致敬法月纶太郎《二的悲剧》（日语原名为『二の悲劇』），而法月纶太郎的《一的悲剧》及《二的悲剧》的书名则致敬了埃勒里·奎因的"悲剧系列"。

1

尽管天色阴沉，缆车吊厢窗外的景色还是美得让人忘记了呼吸。

吊厢以人步行的速度，在青绿的群山上空数十米的高度缓缓下降，偶有轻微的左右摇晃。呼啸的风声传入耳中，咻……咻……

和户宋志搭乘的是位于千叶县的林太山索道。林太山自古以来就是闻名全国的铁矿产地。这条索道连接着林太山的山顶和山脚，全程约七分钟。

这是所谓的"往复式客运索道"，缆索两端各有一台运送乘客的吊厢。两台吊厢交替上下，和装在井口打水用的吊桶有着异曲同工之妙。

吊厢约莫八帖大，左右两侧设有背靠窗户的长椅。面朝行驶方向看去，右手边是一扇单开门。右侧的长椅也因这道门一分为二。

透过巨大的窗户，四周的景色尽收眼底。窗户是由两块玻璃构成的上下推拉窗，上面的玻璃可以拉下来，下面的玻璃也可以推上去，但最多只能推开二十厘米。毕竟要是开得太大，人就有可能钻出去，那就太危险了。

除了和户，长椅上还坐着两男一女。男乘客一个不到五十岁，一个二十五六岁。女乘客则是五十岁上下。

林太山山顶有座"林太山神社"。由于山里盛产铁矿，神社供奉着铁神，还销售刀具等各类用铁做的纪念品。阳春三月，热爱旅行的和户好不容易请到了几天假，便专程前往神社参拜。来都来了，岂能不买上一把刀呢？

和户乘坐的吊厢徐徐驶向山脚，此时正好走到索道的一半。只见右前方有一台白色吊厢缓缓上升，吊厢侧面印着大大的阿拉伯数字"2"，显然是二号车。和户乘坐的吊厢则刷着红漆，侧面印着"1"，所以是一号车。

就在错车而过的瞬间……突然间，吊厢停了下来。乘客们险些在惯性的作用下倒向前方，纷纷惊叫起来。边上的二号车也停了。

年约五旬的女乘客按下了门旁的紧急呼叫按钮。

——请讲。

按钮下方的扬声器传出工作人员的声音。

"索道突然停了，怎么回事啊？"

——非常抱歉，自动驾驶控制系统突然报错了……

"什么时候能修好啊？"

——我们正在全力抢修，应该要不了多久……

乘客们都默默看着窗外。铅灰色的天空越发阴沉，什么时候下雨都不奇怪。下方的枝叶似乎也摆动得更加剧烈了。

和户看向边上的吊厢，却隔着窗户捕捉到了片濑亚美的身影，不由得瞠目结舌。亚美好像也注意到了和户，露出惊讶的神情。

片刻后，和户手机上的LINE便收到了一条亚美发来的消息。

——你也来啦!

和户回复道：

——是啊，前阵子不是有档电视节目介绍了林太山索道的景色吗? 你呢?

——我也是看了那档节目才定的行程。

忽有水滴沿吊厢的大窗滑落。眼看着水滴迅速增多，不一会儿就变成了倾盆大雨。

五旬女乘客像是等急了，再次按下呼叫按钮。

"我们都等了十分钟了，还没修好吗?"

——非常抱歉，我们正在排查报错的原因。这套系统是一星期前刚换的，用着还不太顺手……

"就不能派人沿着缆绳把我们救出来吗?"

——现在风雨交加，救援难度很高……

"那我们怎么办? 就这么干等着?"

——我们正在全力抢修自动驾驶控制系统，请您耐心等待一下，实在抱歉。

"气死我了……"

女乘客叹了口气，看向其他乘客。

"我们恐怕要被困上一阵子了，要不轮流做个自我介绍吧？我先来，我叫竹上信子。"

她戴着宽檐帽、浅紫色的太阳镜和口罩，身旁放着一个装有十几根铝管的背包。她说自己是用铝管制作摆件的艺术家，刚去林太山神社做了几个摆件，正要回家。装在背包里的是用剩下的材料。

"铝管还能做摆件啊……"和户很是佩服地说道。

"能啊。"竹上信子点了点头，从包里抽出一根直径四五厘米、长约五十厘米的铝管，然后又掏出了形状各异的接头。

"把铝管插进接头拼起来，就能做出各种各样的摆件了。接头的种类可多了，可以直着拼，也可以交叉着拼，还能斜着拼呢。"

和户这才想起，神社院内确实有形态各异的铝管摆件，有的像建筑，有的像船只，还有的像鸟……他一提，竹上信子便喜滋滋地说道：

"没错，那都是我的作品。我每次来都会做上几个。那座神社的神官是我的大学同学，时不时会找我下订单。"

和户也报上姓名，自称公务员。

不到五十岁的男乘客说道："我叫三川村贞一，管着一家房地产公司。"

此人显得精力充沛，就是看着神经兮兮的。右手腕上戴着一块看着很贵的手表。

"哎，你是不是'三川村地产'的社长啊？"竹上信子似乎对他颇有兴趣。

"是的。"

三川村地产可谓近期各路八卦杂志的重点关注对象——这家公司承包了很多楼盘施工项目，但长期偷工减料，被分包商举报了。

二十五六岁的男乘客是三川村贞一的秘书，名叫津边和树。

"房地产公司的大老板怎么带着秘书跑到这种地方来了？"

"家父留下了遗嘱，让我每年这个时候来林太山神社参拜一下。"

"我记得你还有个双胞胎弟弟，是你们公司的专务，他没一起来啊？"

不用说，这些信息肯定是通过八卦杂志了解到的。

"我们都是分开走的。"三川村神情僵硬。这对兄弟的关系可能不太好。

和户望向二号车。那边的乘客们也聊上了，搞不好也在做自我介绍呢，想想还怪滑稽的。

天都黑透了，索道还是一点动静也没有。竹上信子按钮问了好几回，工作人员连连道歉，翻来覆去都是"请再稍等片刻"。次数多了，她便也死了心，最后也懒得问了。

和户有点饿了，抬手看表，原来都七点多了。他想起自己在林太山神社买了特产"制铁馒头"，于是打开包装，问大家要不要来一点，没想到大家都买了一样的。于是吊厢里的所有人都啃起了"制铁馒头"当晚餐。虽然名字里有"制铁"二字，但这款糕点并不含铁，不过是在普通的豆沙包上印了个繁体字"鐵"罢了。

吃着吃着，和户便有了一个毫无营养的发现：馒头的吃法百人百样。竹上信子把馒头掰成两半，先吃一半，再吃另一半。三川村则是右手拿着瓶装绿茶，左手拿着馒头，小口小口地吃。津边直接用双手拿着馒头，大口大口地啃。和户也就着绿茶吃了三个，吃得胃都有点烧了。他不敢喝太多绿茶，以免内急。

三月的夜晚，春寒料峭。更何况他们身在半山腰的上空，室外气温又在风雨的作用下降低了不少。吊厢里的气氛越发冷清，四人几乎没说过几句话。

眼看着都快午夜了，索道还没修好，乘客们只得在吊厢里将就一晚上。由于没有足够的空间躺下，大家只能坐在长椅上，背靠着吊厢壁打瞌睡。

万一睡着睡着，吊厢掉下去了，那岂不是再也醒不过来了啊……和户心里七上八下，但还是在不知不觉中睡着了。

2

和户被轻轻晃醒。

睁眼一看，已经是第二天早上了。不过窗外仍是滂沱大雨，水滴沿窗玻璃不住地流淌。天空仍是凝重的铅灰色。

社长秘书津边和树低头看着他，脸色僵硬。

"怎么了？"

"社长出事了。"

"啊？"

和户望向左侧的一整条长椅。坐在中间的三川村耷拉着脑袋，好像还睡着。可是再凑近些，便能看见他的左胸插着一把刀。

"我是五分钟前醒的……转头看边上的社长，却发现他已经……"秘书的声音都在发颤。

"怎么了？"竹上信子睁眼问道，嗓音沙哑。一看到三川村的模样，她便吓得小声尖叫起来。

"有人用刀捅死了三川村贞一先生。"和户解释道。

"有人？……这吊厢里除了我们三个，还有谁啊？你的意思是，凶手就在我们之中？"

"很遗憾，我就是这个意思。"

三人你看看我，我看看你。

"啊！不见了！"竹上信子突然惊呼。

"什么不见了？"

"我的铝管不见了！"

确实如此，原本装在她背包里的铝管和接头[1]全都不见了，只剩下了外面的包。

和户环顾吊厢，却不见管子的踪影。

"大概是被人从窗口扔出去了。这扇窗是可以打开的。"

三人望向窗外。地面在二三十米开外，而且长满了绿树。就算铝管真被扔了出去，他们也看不见。

竹上信子狠狠瞪着和户和津边和树：

"肯定是你们中的一个扔的！"

和户和津边和树急忙否认。

"只可能是你们俩！杀害三川村社长的凶手肯定也在你们之中！"

1　原文没有提到接头，但根据后文，接头应该也被扔掉了。

"说不定是你干的呢！"津边和树反驳道

"我干吗要扔掉自己的吃饭家伙啊？那可花了我不少钱呢，再说我也没有杀害三川村社长的动机啊。"

"报警了吗？"

和户问道。津边和树摇了摇头："还没。"

"报警前最好先跟索道公司打声招呼。"

和户按下紧急通话按钮，向工作人员报告了三川村贞一遇害一事。谁知对方一听便惊呼："啊？！"

——是这样的，刚才二号车也联系了我们，说那边也有人遇害了。

和户看向挂在边上的二号车。只见乘客们怔怔地盯着靠近一号车的长椅。长椅上，有个背朝他们而坐的人影。

"谁遇害了？"

——是一位叫三川村浩二的乘客。

和户简直不敢相信自己的耳朵。竹上信子和津边和树也是瞠目结舌。

"专务怎么会……"津边和树茫然自语。

"专务？是三川村社长的弟弟吗？"竹上信子问道。

"是的，专务和社长是分开走的。"

"三川村浩二先生的案子报警了吗？"和户问工作人员。

——报了，我们这就把三川村贞一先生的情况一并通报给警方。

"还有，麻烦您转告警方，我是警视厅搜查一课的探员和户宋志。如有需要请联系我。"

——好的。

通话结束。

"你是警察啊？"

竹上信子脸上写满了惊讶。每次被卷进案件，表明身份后，在场的人都是这个反应。看来和户真是一点警察的派头都没有。

就在这时，和户收到了一条消息，是亚美发来的。

——我们这边死人了！

——是三川村浩二吧。

——你怎么知道？

——我这边也发生了凶案，被害者是浩二的哥哥贞一。我刚联系了索道公司，工作人员说你们那边也出事了。

和户看见亚美拿着手机走向靠近一号车的窗户，脸上难掩惊讶。

——到底是怎么回事啊？

——我也不知道。

——那你的华生力搞不好要发动了。

——是啊。

拜去年年初的绑架案所赐，片濑亚美知晓了华生力的存在。

——两个吊厢之间的距离只有四米左右，华生力要是发动了，肯定也会影响到这边。

根据以往的经验，华生力的作用范围是以和户为中心、半径约二十米的球形区域。

——等大家的推理能力飙上去，不愁没人破案。要是我们这边破案的是我就再好不过啦。

——那就看你的了。

——就怕凶手到时候狗急跳墙。吊厢这么小，都没地方可躲。我们这边的凶手要是暴起反抗，我还能控制住局面，你们那边可怎么办啊？

亚美隶属于警视厅麾下的特种部队SAT，制伏三两个歹徒不在话下。和户可就差远了。警校虽说也有擒拿格斗课，但和户是擦着及格线低空飞过的。

——嗯……天知道。

——你可别蛮干啊。

——知道了。

——哟，感觉思路越来越清楚了，肯定是华生力起效了。回头再聊！

就在这时，通话按钮下方的扬声器传出了索道公司工作人员的声音，说林太山警署的探员到了，想跟乘客们沟通一下。

片刻后，粗重的嗓音传入耳中。

——大家好，我是林太山警署的。索道公司正在加紧抢修，预计还需要几个小时，请再坚持一下。

"好的。"

和户回答道。警方似乎是怕乘客们陷入恐慌，但他们应该是多虑了。按以往的经验，华生力能显著提升案件相关人员的推理能力，进而使他们更加沉着冷静。

"还要修好几个钟头啊？那我们自己推理推理算了，搞不好还快点呢。"

竹上信子两眼放光道。看来华生力已经对她起效了。

"好主意！"津边和树也大力点头，"我觉得在推理案情之前，得先了解一下二号车乘客的情况，你们意下如何？"

"哦，二号车上有位女乘客是我的熟人，要不就让她发给我们吧。"

说着，和户给亚美发了条消息。亚美很快就回复了。

——我们也讨论出了一样的结论。要不开窗互相认识一下？

——行啊。

——我跟他们提提看。

二号车里的亚美立刻跟同车的乘客沟通了一下。和户也向竹上信子和津边和树抛出了同样的提议。两人都很赞成。

——大家都同意了。

——我们这边也是。那就从我开始吧。

亚美着手拉开面朝一号车的窗户。和户也打开面朝二号车的窗户。不开窗就没法跟另一边的乘客沟通，哪怕有雨点飘进来，也只能克服克服了。两扇窗户一开，亚美便扯着嗓子喊道："我叫片濑亚美！"到底是警视厅SAT的，真是声如洪钟，中气十足。

紧接着，二号车中的一位二十五六岁的男乘客吼道："我叫和岛优介，是三川村专务的秘书。"此人身材中等，长相帅气，举手投足也颇为干练，不愧是高管秘书。

二号车里还有一位四十出头的男乘客。他大声喊道："我叫梶原新平，是《周刊玉石》的记者。"这位记者的个子很高，怕是有一米八，这么高的个子却待在狭小的吊厢里，看起来十分憋屈。

"八卦杂志的记者居然跟来了……"津边和树愤愤地小声说道。

一号车里的和户等人也大声做了自我介绍，那场面颇似传销公司的新员工入职培训。

"我感觉头脑前所未有地清明，你们几个呢？"竹上信子高声问道，生怕二号车上的乘客听不见。

我也是——津边和树、梶原新平与和岛优介都点了点头，亚美则对和户咧嘴一笑。看来华生力是真的起效了。

"也不知道警察什么时候才能过来，要不先在我们力所能及的范围内调查一下吧，大家意下如何？"

全票通过——华生力，就是如此恐怖。

和户和亚美分别用手机拍摄了一号车和二号车的遗体照片，然后传给对方，供大家研究。

两具遗体的左胸都插着宽约两厘米的刀。伤口几乎没有出血，看来是刀发挥了塞子的作用。两位被害者都没有抵抗的迹象，八成是在睡梦中遇害的。自己呼呼大睡的时候，身边竟发生了凶案……

众人不由得毛骨悚然。

"这刀是林太山神社的纪念品。"竹上信子说道。

"居然用林太山神社买的刀行凶？不怕遭报应啊。"和岛优介接话道。

"如果凶手用的是他自己买的刀，说不定能在随身物品里找到包装盒或小票。"津边和树说道。

"肯定早就从窗口扔出去了。这窗户能打开一点点，扔个东西足够了。"

说着，竹上信子翻起了被害者的包。身为搜查一课的探员，和户本该制止这种行为，但没人比他更清楚，你根本拦不住一个被华生力影响了的人。

"这是什么东西！"

艺术家竟从包里翻出了一张林太山神社的神签，上书"大凶"二字。先有索道停运，后有社长遇害，这的确是凶得不能再凶了。

梶原新平思索着说道：

"这两起案件有几个需要我们解开的谜团：

"谜团之一是显而易见的——凶手到底是谁？

"谜团之二，凶手为什么要在嫌疑人寥寥无几的情况下行凶。

"谜团之三，发生在两台吊厢中的案件是否存在关联。两名被害者是亲兄弟，遇害的地方又离得这么近，两案毫无关联的可能性微乎其微，问题是，它们之间究竟存在怎样的关联呢？"

"还有第四个谜团，"竹上信子说道，"我昨天去林太山神社制作了几个铝管摆件，用剩下的管子都装进了背包，准备带回家。可早上睁眼一看，管子全都不见了，很可能是凶手在夜里从窗口扔出去的，可他扔管子干什么呢？"

"确实都是值得研究的问题，"亚美点头说道，"回头大家推理的时候，请务必对这四点给出回答。"

3

"我知道是谁干的了！"

竹上信子胸有成竹地说道。看来今天这场推理大比拼是她打头阵。

"为什么凶手要在这样的局面下行凶？——这就是破解案件之谜的关键。为什么凶手不惜冒着嫌疑人寥寥无几的风险，也要在此时此地动手？因为他要是不动手，就会出大问题。"

"大问题？"

和户适时捧哏——这也是华生力持有者的职责。

"是的。至于这个大问题究竟是什么，我们不妨先设想一下，再这么下去可能会发生什么事。"

"再这么下去可能会发生的事……比如缆绳断裂、吊厢坠毁？"

"没错。我认为，这就是凶手担心的大问题。"

"吊厢一旦坠毁，我们几个肯定都得丧命，这确实是个大问题……可行凶并不能阻止吊厢坠落啊。"

"确实，所以我认为凶手之所以杀害被害者，是为了确保吊厢坠毁后不会引发更严重的问题。"

"怎么说？"

"两台吊厢是以缆绳相连的，一个掉了，另一个也会掉。也就是说，一号车和二号车几乎会在同时坠落，两台吊厢里的人几乎会在同时死亡。"

所有人的脸上都是不吉利的表情。

"换句话说，社长哥哥和专务弟弟丧命的时间是差不多的。在这种情况下，他们会被推定为同时死亡。"

"被推定为同时死亡？"

和户再次插话引导。

"和户先生，麻烦您大声点，不然听不清楚！"二号车的梶原新平忍不住提了要求。

"被推定为同时死亡？"和户只得重复一遍，几乎是喊的。

"民法第三十二条第二项有规定，相互有继承关系的几个人在同一事件中死亡，但无法确定死亡顺序，则推定为同时死亡。如果社长哥哥和专务弟弟都死了，但无法确定是谁先死的，那就会被推定为同时死亡。"

"我知道，可这条法律跟案件有什么关系呢？"

　　"假设兄弟俩各有一个亿的财产，父母已经去世，两人都是已婚未育。如果是哥哥走在弟弟前面，那就是哥哥的妻子和弟弟继承哥哥的遗产。妻子分到四分之三，也就是七千五百万，弟弟分到四分之一，两千五百万[1]。然后弟弟也死了，于是弟弟的妻子将继承弟弟的一亿遗产，外加弟弟从哥哥那里继承来的两千五百万，总共一亿两千五百万。可兄弟俩要是被推定为同时死亡，哥哥的遗产就不会传给弟弟，因此弟弟的妻子只能从丈夫那里继承到一个亿。也就是说，一旦被推定为同时死亡，弟弟的妻子继承的遗产就会缩水两千五百万。对哥哥的妻子来说，情况也是一样的。

　　"在这两位高管夫人看来，和两人同时死亡相比，丈夫的兄弟先去世，能为她们带来更多的遗产。

　　"因此，凶手不希望这对兄弟被推定为同时死亡。为避免这种情况，凶手必须明确留下其中一方先死的记录。"

　　"难道……"

　　"你猜对了。凶手就是为了这个杀害了社长哥哥与专务弟弟的其中一个。如此一来，我们肯定会报警。警方必然会记录报警时

1　日本法律规定，配偶是不可改变的法定继承人，配偶以外的法定继承人顺位为子女与孙辈、父母与祖父母、兄弟姐妹与侄子侄女等。至于分配比例，如果法定继承人是配偶和子女，则遗产对半分。如果死者没有直系子孙，则以直系长辈（父母、祖父母）为法定继承人，配偶继承三分之二，直系长辈继承剩余的三分之一（如果死者父母都健在，则父母各分得六分之一）。如果死者既没有直系子孙，也没有直系长辈，则以旁系血亲（兄弟姐妹、侄子侄女等）为法定继承人，配偶继承遗产的四分之三，其余四分之一归旁系血亲（如果兄弟姐妹不止一人，则几人平分遗产的四分之一）。

间，而被害者的遇害时间必然早于报警时间。就算事后吊厢坠毁，无人生还，也能根据记录明确推断出兄弟俩的其中一个死在前头，不至于被推定为同时死亡。

"谁知两台吊厢的凶手想到了一块儿，分别杀害了社长和专务，导致两人几乎同时死亡。他们一心想要避免同时死亡的推定，结果却造成了兄弟俩的同时死亡，这是多么讽刺啊。"

"可是社长和专务的夫人并不在吊厢里啊？"

二号车里的专务秘书和岛优介大声说道。

"凶手是一心想为夫人争取更多遗产的人。要是夫人也在吊厢里，吊厢一旦坠毁，她肯定也是活不成的，哪还有闲工夫算计遗产。凶手是觉得自己没法活着回去了，所以想在死前送夫人最后一份礼物。"

"谁会动这种心思啊？"

"显然是夫人的情人。"竹上信子斩钉截铁道。

"情人？"

"没错，所以凶手十有八九是男的。一号车里的男性乘客有和户先生跟津边秘书，二号车里的男性乘客有梶原先生跟和岛先生。我们要做的，就是在一号车里锁定社长夫人的情人，在二号车里锁定专务夫人的情人……"

竹上信子看向和户。

"恕我冒昧，和户先生，我觉得你是不太像的。"

"啊……是吗？"

这话来得莫名其妙，和户整个人都蒙了。

"社长夫人的情人肯定得帅气能干啊。"

言外之意，和户既不帅气，也不能干。

"因此，在一号车杀害三川村贞一社长的凶手就是你，津边秘书。"

社长秘书结结实实吓了一跳。

"我……我是社长夫人的情人？"

"没错。身为社长秘书，你常有机会跟社长夫人打交道，一来二去就看对眼了。二号车里的和岛秘书肯定是专务夫人的情人，原因就不必重复了，和津边秘书一样。"

"我……我才不是呢！"专务秘书怒吼道。

"还有一个疑问没有解开，"亚美说道，"您的管子怎么不见了？"

"肯定是被津边秘书捅了一刀的社长抽出了包里的管子，想要留下线索指控凶手。就是大家常说的死前留言。社长断气后，津边秘书拔出他手里的管子一看，发现上面沾了血。要是不想办法处理一下，自己可能会暴露。问题是，吊厢里没有能擦拭血迹的东西。于是津边秘书就干脆把管子都丢了出去。"

社长秘书问道：

"管子怎么就成了指认我的关键证据了？"

"三川村社长肯定把管子读作'tube'。"

"——tube？"

　　"把'tube'这个英语单词看作日语罗马音，用日语发音就是'津边'[1]。所以社长在最后一刻握住了管子，告诉我们津边秘书就是凶手。"

1　"津边"在日语中读作"つべ"，用罗马音拼写可以写作"tube"。——编者注

4

"荒唐……"津边和树苦笑着说道，"你的推理漏洞百出，尤其是跟管子有关的部分。也是啊，管子怎么能没有洞呢……"

"哪里有漏洞了！"

"首先，如果社长还有余力抽出包里的管子指控凶手，他干吗不直接叫醒你或和户警官呢？这不比拿管子容易多了？其次，就算社长真的抽出了管子，血也只会沾在那一根管子上，其他管子和接头应该是干净的，所以没必要扔掉所有配件。"

"……也是。"竹上信子心有不甘地点了点头。

专务秘书和岛优介说道：

"你说我和津边秘书是凶手？我不敢断言他不是，但好歹清楚自己没干过。为了证明这一点，我会用推理告诉大家凶手另有其人。"

看来推理大比拼的第二位参赛选手就是和岛优介了。

"竹上女士的推理始于'凶手为什么会在这种局面下行凶'这个疑问，而我的推理也一样。凶手为什么偏偏挑这个时候动手？答案很简单，这个时候动手才不容易被怀疑。"

社长秘书津边和树说道：

"不容易被怀疑？大家被困在同一台吊厢里，怎么可能不被怀疑呢？"

"被怀疑的前提是'跟被害者同处一台吊厢'，可要是凶手不在那台吊厢里呢？"

"——什么意思？"

"其实索道的自动驾驶控制系统早就修好了。两台吊厢在昨天夜里分别开去了山脚和山顶。索道公司的员工实施犯罪后，又把吊厢开回了原处。

"昨天索道刚停下的时候，我们几个依次做了自我介绍。也许吊厢跟总控室的通话没有立刻挂断，索道公司的工作人员听到了我们的声音。对方意识到，他想除掉的人，也就是社长和专务就在吊厢里。想必你也知道，社长跟专务有不少仇家。"

"……确实，"津边和树不情愿地点了点头，但随即反驳道，"可是参与抢修工作的工作人员肯定不止一个。我不认为凶手能在同事的眼皮子底下行凶。总不能是全体员工串通一气吧？再说了，管子失踪的问题你要怎么解释？"

和岛优介被怼得说不出话来。津边和树冷嘲热讽：

"你的推理也不过如此啊。难怪只能做个小小的专务秘书。"

"有种你再说一遍？！"

专务秘书勃然大怒，颇有些下一秒就要扑向社长秘书的架势。如果两人在同一台吊厢里，搞不好会大打出手。

津边和树带着玩味的表情瞥了和岛优介一眼，环视一号车和二号车的全体乘客，然后威风凛凛地说道：

"破解谜团的关键，在于两起凶案中凶器刺入方式的差异。"

推理大比拼的第三位选手登场了。

"刺入方式的差异？"和户大声捧哏。

"刚才和户警官拍摄了社长的遗体，片濑女士拍摄了专务的遗体。仔细对比两边的照片，不难发现凶器刺入的方式并不相同。"

和户慌忙掏出手机，比对两具遗体的照片。

"杀害社长的刀是垂直刺入的，扎得很深。杀害专务的刀则是从斜上方刺入的，扎得不如社长那把深。"

还真是……堂堂搜查一课探员，竟忽略了如此重要的细节，和户羞愧得无地自容。

"因为两边的凶手不一样啊。杀害社长的凶手力气更大，所以扎得更深吧。"和岛优介说道。

"问题是，跟社长同在一台吊厢的人都手无缚鸡之力，包括我。"

津边如此反驳。和户环顾四周——竹上信子身材苗条，津边秘书是个瘦子，而和户自己也是豆芽菜身材，怎么看都不像个警察。

大家都是细胳膊细腿，身上没多少肌肉。

"所以，我不认为我们之中有人能把刀扎得很深。"

"那刀怎么就扎得那么深呢？"专务秘书如此质问。

社长秘书没有直接回答，而是继续说道：

"除了扎得很深，还有一个疑点——刀是垂直入体的。"

"那又怎么样？"

"社长遇害时坐在长椅上，所以凶手应该是站在他对面，稍稍弯下腰把刀扎了进去。但如此行凶的话，刀应该是从斜上方扎进去的，就跟杀害专务的那把刀一样。可杀害社长的刀并不是那样，而是垂直扎入的。要想在社长坐着打瞌睡时垂直入刀，凶手就必须跪在地上，用一种很不稳定的姿势发力。我不认为有人会用这种姿势行凶。在这种状态下，刀也不可能扎得这么深。"

"那你倒是说说看，刀为什么直直扎进去了呢？"

"只可能是因为，社长是自杀的。"

"——自杀？"两边的乘客们齐声惊呼。

"是的。社长跪在地上，双手握刀，刀尖对准自己，然后往地上一倒……如此一来，被倒下的躯体和地板夹住的刀就会扎入体内。身体的重量加上倒下的冲击力，足以让刀深深扎入胸口。社长故意让刀子垂直于自己的身体，以便刀尖顺利扎入。"

和户不由得皱起了眉头。想想都觉得疼。

八卦杂志记者梶原新平疑惑道：

"可要真是你说的那样，尸体应该倒在地上啊，为什么会坐着呢？"

"社长大概是用仅剩的力气坐回了原处。"

"那他为什么要自杀呢？"

"大概是受不了良心的苛责吧。"

"良心的苛责？"

"在这个局面下，能让社长生出负罪感的，只可能是死在二号车里的专务。是社长杀害了他的亲弟弟，然后因不堪良心的苛责结束了自己的生命。"

"你的意思是……社长杀了专务？"

"是的。身为他的秘书，却不得不揭发他的罪行，我心里也很不是滋味……"

"社长如何能杀害远在另一台吊厢的专务？"

"他用了竹上女士的铝管。"

艺术家一脸莫名：

"怎么说？"

"社长把几根短管拼成了一根长管，顶端绑上刀，就跟长矛差不多了，一刺就行。"

"两台吊厢相距四米，管子做的长矛至少也得有四米长吧？可吊厢的宽度只有两米五左右，怎么装得下四米长的管子呢？"

"按我说的方法就行。先打开吊厢两侧的窗户，再把管子伸出离二号车较远的左窗，在其右端接第二根管子，接着在第二根管子的右端接第三根管子……只要把长管的一头伸出窗外，长管就不会被左右两侧的墙壁卡住。最后，把一头绑着刀的管子接在最右端，从右窗稍微伸出去一点。横穿吊厢、两头各从窗口伸出来一点的长管就这样大功告成了。"

"哦……"

"做好准备后，社长打专务的手机把人叫醒，让他站到窗边并打开窗户，然后看准时机一刺，将刀送进了专务的胸口。抽回长管时，插在专务身上的刀掉了下来。为避免第二波攻击，专务关上窗户，踉跄着坐回座位，一命呜呼。刀是用这种方式扎进去的，所以扎得不深。至于开窗时飘进来的雨，应该都在天亮之前蒸发掉了。

"行凶后，社长一边拆一边收，把长管分解成若干根短管，统统扔出窗外。之所以这么做，是怕人们一旦发现管子上有拼接过的痕迹，就会意识到管子被用作了凶器，二号车上的专务死于一号车乘客之手。

"虽然进行了这一系列的伪装，但社长最后还是受不了良心的苛责，选择了自杀。社长可能买了两把刀，一把用来杀害专务，另一把用于自杀。"

"可社长为什么要杀自己的亲弟弟呢？"

"社长一直对专务怀恨在心，天天跟我说专务的坏话。索道出故障以后，社长大概是觉得自己死定了——毕竟刚在神社抽到了大凶。但他不想和弟弟一起摔死。反正横竖都是死，说什么都要比弟弟多活一段时间。于是他决定杀掉专务……"

5

　　大家似乎都被津边和树的推理震撼到了。可就在这时，二号车里的亚美大声说道：

　　"你只说对了'社长是自杀的'这一点，别的都错了。"

　　"哪里错了？"津边和树怒道。

　　"首先，用管子拼的长矛捅死专务什么的就很不可信。你说社长让专务站在窗边，打开窗户，然后一击毙命，可专务难道不会起疑心吗？大半夜的，吊厢没装窗帘，灯又开得很亮，里面是什么情况，外面的人看得一清二楚。专务怎么可能看不见社长拼出了一根莫名其妙的棍子？怎么可能毫无戒心地站在窗边，还打开窗户？这根本说不通。"

　　津边和树一时语塞。

　　"所以，一号车上的人不可能杀死二号车上的专务。杀害专务的凶手就在二号车上。"

亚美转向二号车的另外两位乘客——专务秘书和岛优介和八卦杂志记者梶原新平，露出一个天不怕地不怕的微笑。两人顿时全身一紧。

"还有，'社长在杀死专务后畏罪自杀'的说法也是错的。社长自杀和专务遇害一事无关。"

"那他为什么要自杀？"

"直接原因是在林太山神社抽到了大凶。肯定是工作压力太大了，还天天被八卦杂志追着骂。可他要是撂了挑子，可恶的弟弟就要上位了，所以他只能继续在这个位置上熬着。就在这个节骨眼上，他在神社抽到了大凶。索道的故障仿佛也是老天爷的暗示。他大概是觉得人生没什么盼头了吧。外面风雨交加，人又被困在这么个狭小的空间里，这些因素也进一步加重了他的抑郁情绪。他万念俱灰，在其他乘客睡着的深夜寻了短见。

"后来，一号车上的某个人发现了社长的遗体。这个人心想：照理说社长死后，继承遗产的是社长夫人和专务。可要是专务和社长同时死亡，社长的遗产就不会被专务分走，社长夫人能够独享全部遗产。"

"你的意思是……"

"凶手就是社长夫人。她在乔装打扮后上了索道。符合这一条件的只有竹上信子女士。你戴着宽檐帽、淡紫色的太阳镜和口罩，怎么看怎么可疑。那些装备肯定都是用来掩饰真面目的！"

　　"我怎么就成社长夫人了？！"竹上信子惊愕不已，"开什么玩笑！再说了，我也没有乔装打扮啊！戴宽檐帽和淡紫色的太阳镜怎么了？戴口罩是因为我喉咙不太好啊！"

　　亚美不为所动，继续说道：

　　"你疑心社长出轨，于是乔装打扮，一路尾随。没想到索道出了故障，把你们困在了同一台吊厢里，所幸社长没有认出你。你睡到半夜里睁眼一看，发现丈夫自杀了。你计算了一下自己能分到多少遗产，然后通过手机联系了二号车里的熟人，请他帮你杀了专务，因为这样你就能分到更多的遗产了。于是二号车上的凶手也实施了犯罪。"

　　说到这里，亚美再次看向同在二号车的和岛优介和梶原新平。

　　"凶手究竟是和岛秘书还是梶原记者呢？'竹上女士用手机联系了二号车里的熟人'这一点尤为关键。这意味着那位熟人是能用手机的。和岛秘书，从今天一早到现在，你都没掏出手机用过。因为你的手机昨天傍晚就没电了，是不是？"

　　和岛面露惊讶。

　　"是的，你怎么知道？"

　　"昨天傍晚，你说窗外的雨中夕阳美极了，举着手机一通狂拍，回过神来才发现电量只剩个位数了，结果被专务骂了一顿，说'万一接不到工作电话怎么办'。"

　　"是有这么回事。"

　　"也就是说，竹上女士是无法用手机联络上和岛秘书的，所以凶手必然是梶原记者。"

"我是凶手？"八卦杂志记者露出饶有兴致的表情，"我为什么要服从竹上女士的指示？她让我杀人我就杀啊？"

"你跟竹上女士，也就是社长夫人大概是有血缘关系的。你看着比她年轻，应该是她弟弟吧。你肯定是觉得姐姐多拿点遗产对自己也是有好处的，要么就是从小就对姐姐言听计从。"

"如果我是凶手，那我是怎么搞到凶器的呢？按你的推理，杀专务是临时起意，所以凶器不可能是事先准备好的。我还没去林太山神社呢，不可能是在神社买的刀。还有，竹上女士的管子为什么不见了？"

亚美微微一笑。

"你从哪里搞来了刀？为什么社长夫人的管子不见了？——这两个问题有着同一个答案。社长夫人把几根短管拼接成了一根长管。身在一号车的夫人打开了推拉窗上方的玻璃，而身在二号车的你打开了推拉窗下方的玻璃。长管穿过两道窗缝，便形成了一条'从一号车倾向二号车'的通道。接着，夫人把刀放进管子里，让它一路滑去二号车——刀应该是夫人在林太山神社买的。拿到刀以后，你就实施了犯罪。最后扔掉管子，是为了不让别人意识到你们用管子传送了凶器。"

亚美的推理相当精彩。她已先后三次在华生力的助攻下揭开案件的真相，推理起来是越发熟练了。

遭到指控的梶原新平却满不在乎。

"很遗憾，你的推理是错的。"

"哪里错了？你明明就是凶手！"

"凶手不是我。"

"我也不是什么社长夫人！"竹上信子吼道。

"我见过社长夫人好几次，很确定夫人不是长这样的。"津边和树补充道。

"夫人要更富态一点，年纪也没那么大。"和岛优介也帮腔道。

梶原新平说道：

"片濑女士的推理也不全是错的。一号车上的自杀导致了二号车上的他杀——这个结论是正确的，但凶手必须动手的理由错了。行凶的动机并不是为了让夫人继承社长的全部遗产。"

"那为什么社长死了，专务也非死不可呢？"

"先说结论吧——因为社长和专务互换了身份。"

"——互换了身份？你怎么知道？"

"通过观察。根据刚才拍摄的遗体照片，社长把手表戴在右手腕上。这是左撇子的戴法，毕竟戴在惯用手上比较碍事。"

"社长确实是左撇子。"津边和树插嘴道。

"是吗？哦……"梶原新平微微一笑，"是这样的，我的视力很好。"

"视力好怎么了？"

"昨天晚上，我看见一号车上的社长吃馒头当晚餐。大家可能也猜到了，我在追查三川村地产的丑闻。除了同一台吊厢里的专务，我还会时不时观察一下一号车上的社长。当时社长右手拿着瓶装饮料，左手拿着馒头，小口小口地吃着。"

"没错，他确实是那么吃的。"和户回忆起昨晚的情景，点了点头。

"一般情况下，人会下意识用惯用手拿比较重的东西。装着饮料的瓶子显然比馒头重，而社长是用右手拿瓶子的，这说明他其实惯用右手。"

"哦，有道理……"

"吃东西的时候惯用右手，手表却是左撇子的戴法，这不是很矛盾吗？于是我就生出了一个猜测——这个人其实惯用右手，他是为了假装成左撇子才把手表戴在了右手腕上。但吃馒头的时候，他忘了自己在假装左撇子，用回了右撇子的吃法……

"那他为什么要假装左撇子呢？应该是为了冒充某个惯用左手的人。但他脸上并没有易容化妆的痕迹。能在这种状态下冒充的，也就只有自己的双胞胎兄弟了。也就是说，三川村浩二冒充了他的哥哥贞一，而贞一假扮成了浩二。贞一是天生的左撇子，浩二则惯用右手。"

津边和树已然拉下了脸。

"三川村贞一无法承受社长的重任，于是让弟弟浩二顶替自己。贞一伪装成了专务，浩二则以社长的身份示人。毕竟是双胞胎，外人很难看出来。两位秘书应该也是知情的。然而，浩二同样不堪重任。在神社抽到的'大凶'成了压倒他的最后一根稻草。他一时冲动，结束了自己的生命。津边秘书在深夜发现了他的尸体，心中警铃大作。兄弟俩互换身份的事情一旦暴露，浩二以社长的名义签署的文件和贞一以专务的名义签署的文件就都成了废纸。股东搞不好会闹上法庭，到时候默许此事的两位秘书也会被追究责任……

"陷入恐慌的津边秘书想出了一个可怕的主意。反正浩二已经死了，要想瞒天过海，就必须弄死贞一。如此一来，两位秘书就能在停尸房偷偷把兄弟俩的身份换回来……于是津边秘书请求二号车上的和岛秘书杀害假扮专务的贞一。两位之间的针锋相对都是为了掩饰共犯关系演出来的。"

和岛优介拼命狡辩：

"可片濑女士推理的时候说得一清二楚，我的手机昨天傍晚就没电了，津边秘书根本不可能联系上我！"

"不，还是有可能的——你们把短管拼接而成的长管用作了传声管。"

"什么意思？"

"你坐在二号车中靠近一号车的那一侧，睡觉的时候也没换地方。也就是说，你睡觉的时候背靠那扇对着一号车的窗户。一号车上的津边秘书把短管拼接成长管，然后伸向二号车，敲了敲你背后的窗户。你被吵醒后回头看去，发现一号车里的津边秘书在打手势，让你打开窗户。你照做后，津边秘书把长管的另一头伸进二号车，再用手势示意你把耳朵凑上去。等你就位以后，津边秘书便通过管子跟你讲述了一号车内的情况。受情势所迫，你决定杀害专务。至于凶器，正如片濑女士刚才推理的那样，刀是用管子传送到二号车的。津边秘书肯定也在林太山神社买了刀。"

在这起案件中，管子既是传声管，又是传送凶器的通道。

其实亚美的推理已经很接近真相了，可惜她搞错了凶手和动机。亚美脸上写满了遗憾。

"居然被你看穿了！"

和岛优介突然扑向梶原新平，猛掐他的脖子。亚美叹了口气，抬脚送上一记凌厉的回旋踢，正中和岛的后脑勺。专务秘书顿时瘫倒在地。在一号车目睹了这一幕的津边和树明知亚美过不来，却还是被她的气势吓破了胆，颤抖着举起双手投降。

就在这时，通话按钮下方的扬声器传出了工作人员的声音："让大家久等了！"两台吊厢朝相反的方向缓缓移动起来。看来两拨人要暂时分开一段时间了。眼看着二号车逐渐远去，和户朝亚美挥了挥手。

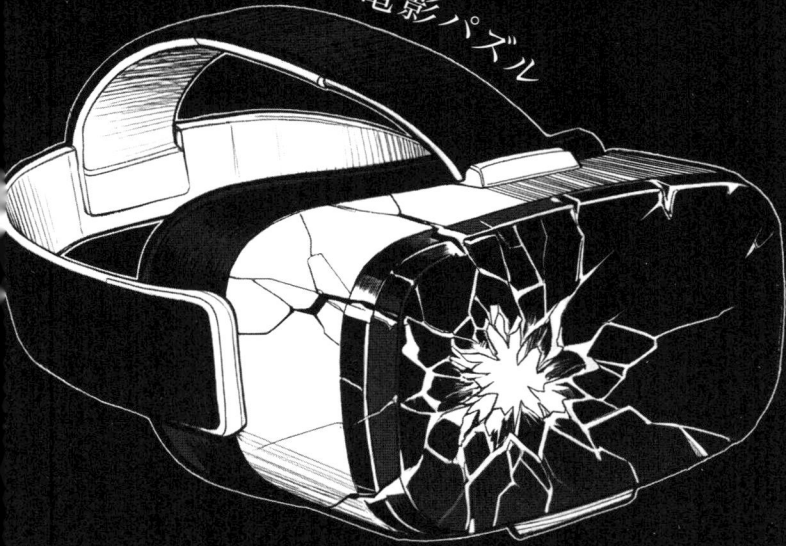

第五章

光影迷阵

電影パズル

* 本章名的日语原文为「電影パズル」，致敬有栖川有栖所著《孤岛之谜》（日语原名为『孤島パズル』）。

1

和户孤身行走在巨大的宇宙飞船之中。

金属制成的走廊宽和高都约为两米。虽然各处设有照明灯，但放眼望去还是颇为昏暗。走廊四处分岔，宛若迷宫。

四周人影全无。岂止是没人，这条走廊似乎被闲置了几十年，让人好奇这里究竟经历过什么。

耳边骤然响起警报。和户拔出腰间枪套中的激光枪。几秒钟后，前方出现了半透明的不明生物。

这种生物飘浮在空中，形状不定，体长约五十厘米，身上布满了不知是触手还是胳膊的条状物。

和户扣下激光枪的扳机。枪口射出紫色的光线，可惜没能命中。半空中的不明生物仍在飞速逼近。和户再次开枪，可还是没打中。还记得上警校的时候，他的射击课成绩也相当糟糕。早知有今天，就该多练练的。

眼看着不明生物不断接近，停在了和户面前，伸出了好几条触手或者说是胳膊。和户差点在本能的驱使下闭上眼睛。

说时迟那时快，不明生物突然炸开，四分五裂。

回头看去，只见一位身着纯白战斗服的女士举着激光枪站在身后。

她开口说道：

"你这水平太差，我都看不下去了。陪你走一段吧。"

*

"大家应该都看过我们公司的宣传册，不过请容我再啰唆两句。参加游戏前，请大家务必佩戴好这个设备，"叠加科技公司的工作人员市村拓斗举起一副科技感十足的黑色护目镜，"这是头戴式显示器，简称HMD。戴上以后，就能看到宇宙飞船内部的景象了。其他玩家当然也会显示出来，但会以身着战斗服的形象出现。"

"到时候我们就看不见这座体育馆了？"

一位年过古稀、身材娇小的老太太问道。她满头银发剪成童花头，气质优雅，胸口的名牌上写着"村井文枝"。

"是的，届时您能看到的地方都会变成宇宙飞船内部的模样。"

　　这里是一所停办了十余年的山区小学的体育馆。叠加科技公司买下了这座场馆，将其改造成了《噩梦星舰》的游戏场地。

　　七月本该酷暑难耐，体育馆里却十分凉爽。远处传来微不可闻的蝉鸣。

　　体育馆内竖着几十块约两米高的隔板，构成了神似迷宫的游戏区，占据了体育馆大约八成的面积。

　　"戴着HMD看隔板围成的通道，看到的就是宇宙飞船内部的走廊。系统会把宇宙飞船走廊的影像叠加在隔板上。"

　　"隔板才两米高哇，再上面呢？"

　　"高于隔板的空间会叠加宇宙飞船走廊天花板的影像，所以大家在游戏期间是完全看不到体育馆的。"

　　"哇，真想赶紧体验一下！"

　　村井文枝跟小姑娘似的兴致勃勃。

　　"这和VR[1]有什么区别啊？"

　　和户问道。

　　"VR——虚拟现实使用的是全部由CG[2]生成的虚拟世界影像，因此玩家通过HMD看到的一切都属于虚拟世界，不和现实世界挂钩。而我们公司的《噩梦星舰》采用了MR[3]——混合现实

1　全称为Virtual Reality。
2　Computer Graphics，计算机图形学。核心目标在于创建有效的视觉交流，在游戏、电影、广告、设计等领域发挥着重要作用。
3　全称为Mixed Reality。

技术。"

"混合现实？"

"是的。您应该听说过AR[1]——增强现实吧？AR就是把数据、影像或CG叠加在现实世界上。MR则是AR的进化版，不仅能叠加，还能实现叠加元素和现实世界的物理交互。"

"物理交互是什么意思啊？"

一位四十多岁的男士问道。此人身高超过一米八，躯干和四肢都很粗壮，胸前的名牌上写着"石泽刚"。

"就是可以绕着叠加元素走动，从不同的角度观察，还能触摸、操作或移动叠加元素。比如，玩家们可以绕到外星人后方，或者砍掉外星人的触手。"

市村看向还没说过话的一男一女。

"细田先生和二见女士都是第二次参加了，多谢支持。"

男的不到三十，身材瘦长，名牌上写着"细田孝"。女的三十多岁，动作麻利，五官棱角分明，名牌上写着"二见凉华"。

细田说道：

"不好意思，先声明一下，我想单打独斗，不打算找队友。所以我一看到你们就会立刻走开，换个地方，还请不要见怪。"

石泽刚调侃道：

"口气不小啊，想当独行侠？"

1　全称为Augmented Reality。

"那倒也不是，我就是觉得自己打怪更有意思，也不想被打得不好的玩家拖累。"

二见凉华忽然插嘴道：

"细田先生，我记得你上次跟人组队了呀，改主意啦？"

"差不多吧。"

市村微笑着说道：

"每位玩家都有自己的玩法，有的喜欢组队，有的喜欢单独行动。无论走哪种路线，都能在《噩梦星舰》中玩个痛快。"

叠加科技公司的《噩梦星舰》是一款运用了MR技术的多人游戏。其热度稳步上升，十余座游戏场地遍布全国。

这款游戏的销售团队里有和户的一位朋友。朋友极力推荐他来尝尝鲜，说原价五千日元的游戏可以给他打个对折，于是他便决定来体验一下。

游戏的设定是这样的——公元23世纪，人们在某个星球上发现了一艘失踪了三十年的宇宙飞船。由于从外部呼叫飞船，飞船全无反应，因此有关部门组织了一支队伍入内调查。调查队发现当年的船员都不见了，取而代之的是一见他们就发起攻击的外星人。队员们不得不用激光枪和激光剑与外星人搏斗……

当外星人接近时，系统会提前三秒预警，并在视野右侧的角落里打出红色警告标志。其他玩家接近时则不会警告。

激光枪和激光剑都是专为这款MR游戏设计的。玩家扣动激光枪的扳机后，能通过HMD看到枪口射出紫色激光。现实中的光速极快，肉眼难以捕捉，所以在游戏中，激光被设定成了时速两百公里左右，以确保发射时能被玩家清楚地看到。玩家握住激光剑的手柄时，能通过HMD看到一把长约一米的紫色光剑。

两种武器均通过蓝牙与HMD相连。驱动武器的能量是有上限的，发射激光枪和长时间启用激光剑都会显著消耗能量。玩家可以在HMD画面中看到能量条还剩多少。

在游戏设定中，玩家穿着的战斗服能承受若干次直接攻击，但血条会随着被攻击次数的增加而下降。一旦下降到零，玩家就会被系统判定为"死亡"。"死亡"玩家的HMD会在宇宙飞船的地面上显示出一连串发光箭头。玩家顺着箭头走，就能看到一扇门。那是最近的出口。开门走出去，飞船内部的影像就会消失不见，取而代之的是现实世界——体育馆内部的景象。这个时候就可以摘下HMD了。

如果玩家在游戏过程中突感身体不适或遇到其他紧急情况，可在HMD前方画出规定字符。HMD的内置计算机会加以识别并上报游戏管理员，以便管理员及时采取中断游戏等措施。

*

游戏开始。

玩家们列队等候在游戏区的入口。游戏区四周围着约莫两米高的隔板。

　　大家按市村的指示戴上了HMD。此时虚拟元素尚未叠加，视野中仍是光秃秃的隔板。

　　眼前出现了倒计时。在读数归零的刹那，隔板尽数消失，化作宇宙飞船的巨大船舱。游戏区的入口则变成了一扇气动闸门。宇宙飞船上方的天空是骇人的红色，地面则呈褐色，怎么看都不像体育馆。技术之高超令和户叹为观止。

　　气动闸门开启，玩家们正式迈入游戏区。眼前是大约两米宽、两米高的金属走廊，四通八达。大家决定分开行动。

　　和户走了没多久就撞见了外星人。它们仿佛并不是半透明的，而是真真切切就在眼前。他好不容易才用激光枪干掉了一个。

　　游戏期间，和户遇到了村井文枝好几次。她身手矫健，枪一瞄一个准，一点都不像年过古稀的老太太。

　　他还跟石泽刚打了几次照面。石泽刚开始的时候还在用枪疯狂扫射，但后来换成了激光剑，大概是觉得用剑更适合自己吧。壮汉舞剑确实颇有气势，只可惜准头差了点，劈空了好几次。

　　至于细田，和户只遇见过一次。而且细田一看到他就立刻跑开了，仿佛把他当成了外星人。看来人家是铁了心要单打独斗。

　　在探索飞船的过程中，和户差点被外星人干掉，幸好二见凉华及时出手相救。她说和户水平太差，她实在看不下去，提议陪他走一段。于是和户决定与她结伴同行。

2

HMD视野右侧的角落里会显示游戏时间。游戏开始二十分钟后——

和户与二见凉华拐过一个弯，发现细田倒在地上。和户赶紧跑过去问"你还好吗"，可对方一动不动，全无反应。

和户顿时生出了不祥的预感，探了探细田的脉搏——摸不到。他又把手放在细田的口鼻处，发现对方已经没有了呼吸，瞳孔已经放大了。

"……他死了。"

"真的吗？怎么回事啊……"

"我也不清楚。不过，他的后脑勺有被钝器击打的痕迹。"

和户环顾四周，却没有发现疑似凶器的东西。

他在HMD前方的空中画出规定字符，通报管理员市村。片刻后，飞船内部的影像就消失了，被隔板围绕的现实世界重新呈现在眼前。

"出什么事了！"

守在游戏区外的市村急忙赶来。见细田倒地不起，他下意识凑了上去。

"最好别碰，是他杀。"

"他……他杀……？"

市村呆若木鸡。

"是的，后脑勺有被钝器击打的痕迹。"

村井文枝和石泽刚也现身了，大概是听到了这边的动静。两人战战兢兢地盯着细田的尸体。

"刚才忘了说了，我是警视厅搜查一课的探员。还是先报警吧。"

和户掏出口袋里的手机，拨打报警电话。他跟接线员简单说明了这边的情况，并表明了身份。前脚刚挂，后脚就有电话打了进来。接起来一听，原来是辖区警署打来的。对方告诉和户，由于案发地点位于深山，他们赶过来需要一个小时，希望他能代为保护现场。

"话说回来，十年前，这座体育馆也出过命案……"辖区警署的探员说道。

"十年前也出过事？"

"当时小学已经停办了。一天傍晚，碰巧去体育馆那边巡逻的警官发现了一名刚刚中刀而死的男生。被害者是这所小学的毕业生。尸体周围有许多空啤酒罐，应该不是一个人喝的，所以我们推测被害者出事前和同伴一起溜进体育馆喝酒，结果喝着喝着发生了争执，被同伴捅死了。我们认为凶手就在被害者的交友圈中，可查了很久都没头绪……"

"你认为那起案件和这次的案件有关吗？"

"不好说，总之请务必保护好现场。"

通话结束后，二见凉华半是感慨半是惊讶地说道：

"你居然是刑警啊……还有枪法这么烂的刑警呢。"

"呃……"

村井文枝则是一副兴致盎然的样子。

"喂，你刚才是不是说，这座体育馆十年前也出过事？"

"好像是的。"

和户转述了从辖区警署探员那里听来的案件概况。

"市村先生，你知道这件事吗？"

"啊，噢！领导安排我管这个场子的时候，确实提过一嘴……"

"岂有此理，怎么能在出过人命的地方玩游戏啊！这么重要的事情，玩家难道没有知情权吗？！"

石泽刚逼问市村。市村显然有些招架不住：

"非常抱歉，其实我们公司在买下体育馆后重新铺过地板，也请神官做过法……"

"我是基督徒，你们请神官有什么用啊！"

"对……对不起……"

村井文枝插嘴道：

"哎，警察赶过来要一个小时是吧？"

"是的。"

"要不我们几个用这段时间推理看看，研究一下凶手是谁？"

"推理？！"

石泽刚怪叫一声。

"对，推理。傻等一个小时多没劲啊。"

和户心想：看来是华生力起效了。

二见凉华说道：

"照理说，细田先生一死，就无法应对向他发动攻击的外星人了，血条肯定会很快见底的。所以，只要查明他在游戏中'死亡'的时间点，就能推测出大致的案发时间了。市村先生，能查到他在游戏里是什么时候死的吗？"

市村很是遗憾地摇了摇头：

"系统日志里应该是有的，但我查不了。我只负责应对突发状况，没有查看日志的权限。"

"游戏区内有监控摄像头吗？"

"有的。"

"那调一下监控不就知道是谁干的了？"

"监控摄像头是安装在关键位置的，没有覆盖到整个游戏区，并不知道有没有拍到作案过程。"

"游戏期间，你应该是盯着监控画面的吧？就没有发现哪个玩家举止可疑吗？"

"并没有。我会时不时瞄一眼监控画面，但也不是一直盯着……"

"这不是玩忽职守吗！"

面对石泽刚的质问，市村再次道歉："不好意思……"

和户不禁想道：不是对着空气开枪，就是举着棍子一通乱挥……监控画面里的玩家们该有多滑稽啊！

"我实在是想不通，"村井文枝说道，"凶手为什么要在游戏里行凶呢？在这里杀害细田先生，嫌疑人总共就只有这么几个……"

说着说着，她两眼放光。岂止是她，在场其他人的眼睛也亮了起来，许是有了思路。

今天的推理大战，会由谁来揭开序幕呢？

3

"我好像知道凶手是谁了。"

村井文枝开口说道。看来今天是她打头阵。

"'凶手为什么会在嫌疑人极其有限的游戏中犯案',这个疑问就是我推理的切入点。照理说,人是不会在这种情况下行凶的,可凶手还是实施了犯罪。我想到了一种可能性——也许凶手并不认为自己的行为是犯罪。"

和户没太理解。

"——凶手不认为自己的行为是犯罪?此话怎讲?"

"凶手以为自己打的是外星人。"

"啊?"众人齐声惊呼。

"凶手以为自己在打外星人,殊不知打的是近在眼前的细田先生。"

"我还是没听明白……"

"外星人的影像被碰巧叠加在了细田先生身上。凶手本想用激光枪射击外星人，可是能量条见底了，于是他下意识抢起激光枪的枪身砸向外星人。当然，要干掉虚拟世界中的外星人，只能用激光枪射击或用激光剑劈砍，但凶手过于慌张，没来得及细想，就直接拿激光枪当武器动手了，就这么砸死了被叠加了外星人影像的细田先生。"

"那可真是飞来横祸啊……"

"看到自己抢起的激光枪穿过外星人的身体，撞到了影像后面的某个东西，还停了下来，凶手肯定是非常惊讶的。直到外星人挪开或细田先生倒地，凶手才看清了之前被影像覆盖的细田先生，意识到自己做了什么，吓得逃走了。"

这套推理听起来荒唐无稽，但考虑到叠加在现实世界上的影像的逼真程度，倒也不是完全不可能。

"那么凶手到底是谁呢？凶手的激光枪能量条显然已经见底了。也就是说，凶手是在游戏刚开始时频繁使用激光枪，然后在后半程改用激光剑的人。符合这个条件的玩家只有一个，那就是石泽刚先生。"

"——我？"

壮汉一脸错愕。

"是的，你就是凶手。我在游戏区遇到过你好几次。刚开始你还端着激光枪疯狂扫射，后来却改用激光剑了。"

"那是因为我觉得用剑更爽快。我激光枪的能量条还剩一半呢。"

石泽刚看向市村。

"能查到我的枪还剩多少能量吗？"

"游戏结束后就查不到了。日志里应该是有的，但我没有查看日志的权限……"

就在这时，和户插嘴道：

"呃，您说凶手用激光枪砸死了被害者，可激光枪真能砸死人吗？这东西是塑料做的，轻飘飘的，不像是能造成致命伤的样子啊……"

石泽刚使劲点头，抽出腰间的激光枪给大家看。被他的大手一衬托，激光枪显得十分小巧。

"就是！我力气再大，也没法用这么轻的东西砸死人啊。"

村井文枝也拔出自己的激光枪，仔细端详了一番，然后苦笑道：

"也是，这东西也只能打打外星人了。"

＊

"那就换我来推理吧，"石泽刚说道，"我的推理同样基于'凶手为什么会在嫌疑人极其有限的游戏中犯案'这个疑问。我的答案是——对凶手来说，在游戏期间犯案要更容易一点。"

"怎么说？"

"游戏期间，玩家都忙着打怪，对其他玩家是完全不设防的。大家只会提防外星人，但不会防备同类。换作平时，要是有人站在你背后，你肯定会下意识提高警觉的。但在玩这个游戏的时候，只要站在身后的是'人'，玩家就不会有什么戒心。

"不过，虽说游戏期间的行凶难度相对较低，但'嫌疑人非常有限'是一个不容忽视的弊端。凶手经过权衡，还是选择了'容易下手'这个优势。

"由此可见，对凶手来说，杀害被害者的难度是很高的。但细田先生身材偏瘦，并不强壮。凶手觉得杀死这样一个人很难，可见此人手无缚鸡之力。唯一符合这个条件的就是村井女士。"

所有人的目光都集中在了老太太身上。

"这算哪门子的推理啊，简直漏洞百出！"二见凉华出言反驳，"你的逻辑是，凶手觉得干掉一个看起来不是很强壮的人很难，所以凶手本人肯定手无缚鸡之力。可觉得杀人很难不是很正常的吗？又不是只有弱小的人才会这么想。你不能光凭这一点指控村井女士啊。"

和户连连点头，觉得她说得十分在理。

"确实如此……"石泽思忖片刻后点了点头，"再说了，手无缚鸡之力的也不光村井女士一个，和户警官不也一样吗？"

我好歹是警视厅搜查一课的探员啊，怎么就手无缚鸡之力了呢……和户黯然神伤。

*

"有兴趣听听我的推理吗？"

第三位出场的是二见凉华。

"我也是从'凶手为什么会在嫌疑人极其有限的游戏中犯案'这个疑问出发的。我的答案是——这个游戏就是为杀害玩家而设计的。"

"为杀害玩家而设计的游戏？"和户适时捧哏。

"没错。《噩梦星舰》有极致的沉浸感，只要巧妙利用这一点，杀害玩家就不是难事。"

"具体要怎么操作呢？"

"让细田先生的HMD显示出略微不同于其他玩家的画面就行了。我们通过HMD看到的宇宙飞船内部是可以前后左右探索的，但上面和下面并没有可以探索的空间，毕竟现实中的游戏区就是如此。但细田先生的HMD显示出的宇宙飞船内部还可以往上下两个方向探索。游戏区的某处有一架靠着隔板的真梯子。梯子本身跟隔板差不多高，但HMD会把它加工得很长，仿佛通往更高的地方。等细田先生走到梯子跟前，再用某种元素引导他爬上梯子——比如模拟出一场不断逼近的火灾。但现实中的梯子只有隔板那么高，再往上就是虚拟的影像了。所以细田先生必然会在爬到一半的时候一手抓空，失去平衡，身体前倾，一头栽进隔板另一侧的过道。隔板有两米高，头朝下从这么高的地方掉下来，活活摔死也不稀奇。"

　　哦，"为杀害玩家而设计的游戏"原来是这个意思。

　　"能够让细田先生的HMD显示不同影像的，就只有游戏管理员市村先生了。所以，市村先生就是凶手。"

　　"我是凶手？"市村拓斗瞠目结舌，"这是哪里的话！我可没法让细田先生的HMD显示出跟其他玩家不同的画面。我又不是《噩梦星舰》的开发者。这款游戏在全国各地都设有会场，我只是其中一座会场的管理员罢了。我的职责仅限于管理游戏场地、向玩家讲解游戏玩法、启动和结束游戏，并在玩家受伤时提供必要的帮助。说白了就是个打杂的。"

　　石泽刚插嘴道：

　　"再说了，细田先生要真是从两米高的地方摔下来的，他的HMD肯定不成原样了。"

＊

　　"听了大家的推理，我也想到了一种可能性，"轮到市村拓斗发言了，"但是一想到要告发游戏玩家，我心里还是很忐忑……"

　　"有想法尽管说，推理不拘礼节。"二见凉华说道。

　　"多谢您的理解。那我就斗胆发表一下自己的推理——大家的推理都是围绕'凶手为什么会在嫌疑人极其有限的游戏中犯案'这一点展开的，我也想从这个角度入手。我认为凶手之所以选择在游戏中犯案，是因为这样可以制造不在场证明。"

"制造不在场证明？怎么说？"

"HMD会将宇宙飞船内部的影像自动叠加在隔板及其上方的空间。因此，只要将遗体放在隔板上面，宇宙飞船的影像就会把遗体盖住，使其瞬间隐形。如此一来，就能让大家误以为细田先生的死亡时间比实际时间要晚。"

"遗体怎么可能放在隔板上面呢？隔板的厚度也就三厘米左右啊。"

"面对面的隔板顶端钉有交叉的木条，用于加固。尸体可以放置在木条交叉的那个位置。游戏期间，那里会被宇宙飞船的影像覆盖，所以遗体不会被发现。

"等到了合适的时机，再轻轻一戳，遗体就会失去平衡掉下来，到时候玩家们就能看到了。"

"现场试验一下吧！"

村井文枝两眼放光，精力充沛得不像个古稀老人。

大家讨论了一下，决定让看起来最有运动细胞的石泽刚上去试试。村井文枝、二见凉华与和户戴上了HMD，市村拓斗负责投射游戏画面。

戴着HMD的三位玩家站在了游戏区的入口处。宇宙飞船内部的影像叠加于通过HMD看到的现实世界。站在一旁的石泽顿时就"换"上了战斗服。他说了声"那我上去了啊"，在宇宙飞船的墙跟前一跃而起。说时迟那时快，只见他伸长了胳膊，整个人仿佛是贴在了宇宙飞船的墙上，手掌消失得无影无踪。那景象着实诡异，看得和户不由得惊呼起来。摘下HMD一看，石泽其实是双手抓着隔板的上端，挂在了墙上。重新戴上HMD后，呈现在眼前的就又是那番诡异的景象了。

"我爬上去了啊。"

说着，石泽弯曲手臂，将身体拉了上去。眼看着他的头消失了，紧接着是上半身，最后连脚都不见了。片刻后，石泽的身影就从宇宙飞船的走廊彻底消失了。

和户再次摘下HMD。此刻的石泽正站在隔板的上方。为保持平衡，他把脚放在了隔板之间的木条上。村井文枝和二见凉华也摘下HMD看了看，连连惊呼。

和户在好奇心的驱使下再次戴上HMD，却见外星人扑了过来。可他没带激光枪或激光剑，毫无还手之力。无奈之下，他只好摘下HMD，听天由命。要不了多久，他就会在游戏中"死亡"。

玩家们走出游戏区，与市村会合，并报告了实验结果。

"果然看不见了，"市村满意地点了点头，"我认为凶手就是利用这一点为自己制造了不在场证明。说得再具体些吧——凶手在游戏的前半段实施了犯罪，将细田先生的遗体藏了起来，然后和其他玩家一起战斗，制造了不在场证明，等时候差不多了再'发现'遗体。符合这个条件的是和户警官和二见女士。凶手应该就在你们二位之中。

"二见女士说和户警官水平太差，她都看不下去了，提议结伴同行，但她这么做其实是为了制造不在场证明。换句话说，二见女士就是凶手。恕我直言，找和户警官当不在场证明的证人真是再合适不过了，因为他不会像细田先生那样嚷嚷着要自己走，也不像是会抵触其他玩家出手相助的人。"

和户心里嘀咕：这是在夸我吗？怎么觉得是在拐弯抹角损我呢？

二见凉华说道：

"市村先生，你的推理简直是漏洞百出。要是同场的其他玩家都喜欢单打独斗呢？谁能提前预测玩家的脾气啊。"

"就算其他玩家都是喜欢单打独斗的类型，只要你多在他们附近转悠，就由不得他们看不到，足以构成不在场证明。"

"你说细田先生的遗体曾一度被放置在隔板上方，后来才被戳了下来。可遗体落地时会发出很大的响声，还会留下损伤。警方一验尸不就暴露了吗？"

"……也是。"

"再说了，谁有本事把尸体抬到两米高的隔板上面啊。"

4

"请问……我可以再推理一次吗？"

开口的竟是村井文枝。

"不知道为什么，今天我的脑子转得特别快，刚想出了一套新的推理。"

这显然得归功于华生力。

"我对细田先生的举止产生了一些疑问。他在游戏开始前就明确说了'我想单打独斗'，在游戏中遇到其他玩家的时候，他也确实是转身就走，没有跟别人并肩作战。但二见女士说，他上次明明是找了队友的。他的游戏风格为什么会有如此之大的改变呢？也许他确实是觉得'自己打怪更有意思'，可是一看到其他玩家就跑未免也太极端了。"

"……确实有点极端。"

"所以我得出了一个结论——细田先生在游戏期间摘下了HMD。"

"——摘下了HMD？可我在半路上遇到过细田先生，当时他明明是戴着HMD的啊。"

"他戴的肯定是外观一模一样的假HMD。"

"凭什么这么说呢？"

"如果细田先生跟其他玩家组队，大家就会发现细田先生对他们能看到的外星人全无反应，进而意识到他戴的HMD是假的。所以他才会坚持单打独斗，而且极端到一看到其他玩家就跑的地步。"

"这样确实可以解释细田先生的行为……"

"游戏刚开始的时候，细田先生戴的还是真HMD。不然他进入游戏区的时间会跟其他玩家不一样，容易引起怀疑。和其他玩家分头行动后，他就立刻摘掉了HMD，换上了外观酷似的冒牌货。冒牌货应该是折起来藏在衣服里带进游戏区的。后来摘下来的真HMD也被他藏在了衣服下面。"

"但我们发现遗体的时候，细田先生是戴着HMD的啊。"

"凶手在实施犯罪之后摘下了冒牌货，给他重新戴上了真HMD。细田先生是第二次玩这个游戏，所以他知道厂商用的是哪款HMD，可以提前准备冒牌货。我甚至猜测，他就是为了摸清HMD的型号才多玩了一次。"

"那细田先生为什么要在游戏期间摘下HMD呢？"

"为了看到戴着HMD时看不到的'某个东西'。"

"怎么说？"

"戴着HMD时看不到的'某个东西'，就是会被HMD自动叠加虚拟元素的东西。游戏期间，会被自动叠加虚拟元素，也就是宇宙飞船内部影像的，就只有隔板及其上方的空间和天花板。"

"那他为什么想在游戏期间看到隔板及其上方的空间和天花板呢？"

"这一点还不得而知，我们可以先放一放。总之，我认为凶手应该是注意到了细田先生发现了那个'东西'，所以决定杀人灭口。

"大家都很疑惑'凶手为什么会在嫌疑人极其有限的游戏中犯案'。我给出的答案是，因为犯罪动机是在游戏中产生的，凶手不能让细田先生活到游戏结束之后。"

村井文枝环视在场的众人。

"那凶手究竟是谁呢？凶手注意到，细田先生发现了戴着HMD时看不到的'某个东西'。这说明凶手自己当时也没戴HMD。如果凶手戴着，他只会觉得细田先生在查看宇宙飞船的内部。正因为凶手没有戴HMD，他才能注意到细田先生在看那个'东西'——这就是锁定凶手的关键条件。"

"凶手也没戴HMD……"

"游戏期间，没戴HMD的人为了不让其他玩家发现，必然会跟细田先生一样，一见到其他玩家就跑开。然而，并没有其他玩家表现出这样的行为模式。这意味着凶手不在玩家之中。"

"——凶手不在玩家之中？那凶手就只可能是……"

"市村先生。"

被众人齐齐盯住的市村拼命摆手道：

"你……你在说什么啊！怎么可能是我干的呢！"

"你通过监控画面察觉到了细田先生的异样。他既没有举起激光枪，也没有挥动激光剑，一直在四处张望。你意识到他摘下了HMD，正在用肉眼观察会被HMD叠加虚拟元素的体育馆，寻找'某个东西'。你唯恐他找到那个东西，所以在第一时间杀害了他。"

"我不可能有机会行凶啊！要杀害细田先生，必须先进入游戏区，可我要是进去了，肯定会被玩家们发现的。"

"不，你可以神不知鬼不觉地靠近细田先生。"

"我要怎么瞒过这么多玩家呢？"

村井文枝微微一笑。

"你利用了隔板上方的空间。面对面的隔板顶端钉有交叉的木条，用于加固。踩着那些木条走，就能在不下地的前提下抵达细田先生身边。由于隔板上方的空间会被叠加宇宙飞船的影像，我们这些戴着HMD的玩家是看不到你的。你就这样变成了'隐形人'。或者说，你走了一条'秘道'。"

原来是这样……和户恍然大悟。为市村的推理进行的那场实验足以证明隔板上方是可以藏人的。既然可以藏人，那就能用作秘道。

"细田先生肯定看见了市村先生，但他假装没看见。因为他怕被人追究'为什么摘下HMD'。走到细田先生身边之后，市村先生才下了地。人都到自己跟前了，细田先生肯定没法再装下去。说不定他还问了市村先生'你在干什么'。市村先生大概是随便编了个借口，比如'为了不打扰玩家，我在大家看不到的地方巡逻'，然后趁细田先生不备，用藏在身上的钝器打死了他……"

和户突然反应过来：

"对了，市村先生推理的时候说过这么一句话：'二见女士说和户警官水平太差，她都看不下去了，提议结伴同行，但她这么做其实是为了制造不在场证明。'可他怎么知道二见女士说我'水平太差'呢？就算他能通过摄像头监控我们这些玩家，也听不到我们的声音吧？他之所以知道二见女士说过这句话，只可能是因为在隔板上走的时候碰巧听到了。"

市村显然被戳到了痛处，顿时脸色煞白。

二见凉华问村井文枝：

"细田先生到底找到了什么东西？"

"那个东西肯定在叠加了虚拟元素的地方，好比地板、隔板及其上方的空间和天花板，但我觉得地板和隔板的可能性比较小。因为平时检查游戏区的人应该不止市村先生一个，如果那个'东西'在地板或隔板上，怕是早就被人发现了，市村先生也会第一时间处理掉的。所以它很可能在隔板的上方，也就是体育馆的墙壁或天花板。体育馆的天花板有裸露在外的房梁，很容易卡住球之类的东西。喏，那里就有一个。"

村井文枝指向天花板。定睛一看，房梁缝里果然卡着个形似排球的东西。

"那球是卡在缝里的，只有站在正下方的人才能看到，而正下方刚好是游戏区。所以要想找到那个球，就只能参加游戏，并在游戏期间摘下HMD仰望天花板。细田先生就是为了这个才来的。"

＊

四十分钟后，警方终于赶到。市村当场认罪。

细田找到的"东西"，也就是市村想要隐藏的"东西"，正是卡在体育馆房梁上的排球。

十年前死在这座体育馆的男生也是市村所杀。市村是被害者的老同学，两人和另一个老同学一起溜进体育馆喝酒打排球，却因为一点鸡毛蒜皮的小事起了争执。推搡间，市村一刀捅死了对方。回过神来的市村刚迈开步子，就被脚下的排球绊倒了。倒地时，他不慎用沾血的手抓住了排球。恰在此时，负责巡逻的警官停摩托车的声响传来。他本想带着那颗有血手印的排球逃走，可是转念一想，万一被人撞见，这辈子就完了。他只得听天由命，把球踹向天花板，不料那球奇迹般地卡在了房梁的缝里。市村与另一位老同学逃之夭夭。

警方始终没有查到他头上，这让他松了一口气。谁知叠加科技公司买下了体育馆，将其改造成了游戏场地。万一有人发现天花板上的证据可怎么办？市村忧心不已，于是便混进了叠加科技公司，当起了管理员。

　　被害者细田是当年那名遇害少年的弟弟。他从涉事的另一位老同学口中得知，是市村捅死了哥哥，还将有血手印的排球踢到了体育馆的天花板上。为了搜集证据，细田成了《噩梦星舰》的玩家。

　　由于游戏期间发生了命案，凶手甚至还是游戏的管理员，叠加科技公司不得不紧急下线了《噩梦星舰》。讽刺的是，媒体对命案的报道反而推高了公众对《噩梦星舰》及其使用的MR技术的关注度，要求重启游戏的呼声一浪高过一浪。大家都说游戏是无辜的，错的是那个凶手。于是一个月后，游戏重新上线。想买票还得先抽购票资格，中签率不足百分之十。

　　《噩梦星舰》营销团队的朋友高兴坏了，专门打电话给和户道谢。据说叠加科技公司正在开发《噩梦星舰2》，玩法会改成一边打外星人，一边调查发生在飞船探险队内的凶案。"我们公司打算用MR技术呈现尸体的细节，你办过那么多案子，肯定见惯了尸体，到时候来帮我们把把关吧。"朋友极力邀约，但和户婉拒了。他可不想被开除公职。

第六章

无衣男的未解之谜

服のない男

* 本章名的日语原文为「服のない男」,致敬多萝西·L. 塞耶斯
  (Dorothy L. Sayers) 所著短篇小说《无脸男的未解之谜》(日
  语译名为「顔のない男」。英语原名为 *The Unsolved Puzzle of
  the Man with No Face*)及北森鸿所著《无脸男》(日语原名为
  『顔のない男』)。

1

和户宋志站在警视总监办公室门口，深吸一口气。

上次来已经是两年零三个月前的事情了。当时他硬着头皮代表警视厅参加了日本家电巨头董事长笹森俊介举办的择婿宴会，结果碰上了一起凶杀案。这次可别再卷进什么麻烦了……

和户敲门，屋里飘出两个字："进来。"和户说了一句"打扰了"，开门走了进去。他紧张得心脏都快爆炸了。

办公室中央摆着一张黑檀木书桌。坐在书桌后侧的警视总监指了指沙发，微笑道：

"来，坐吧。"

和户嘴上回答"遵命"，却站着没动。

"别太拘谨，坐吧。"

连对话都和上次一模一样。和户回了一句"多谢长官"，这才坐下。

"搜查一课第二强行犯搜查三组的表现还是一如既往地出色啊。"

"多谢夸奖。"

和户所在的搜查三组威名远扬，破案率高达百分之百。

"你们组长也夸你会调动气氛呢，说你没立过大功，但只要有你在，大伙儿就会灵感迸发。"

"您过奖了。"

"话说和户啊，今天叫你来，其实是想请你帮个忙。"

"啊？"

和户顿时就有了不祥的预感。

"笹森先生想邀请你去秋留野市的度假村小住几天。"

"邀请我吗？"

"是啊，你也知道的，他很欣赏你。"

"属下深感荣幸。"

"听说他周围都是些野心勃勃的能人，你却是完全相反的类型。他说他每次看到你啊，心里都特别舒坦。"

"属下惭愧。"

"那座度假村是笹森先生刚买的，打算用作员工福利设施。正式启用之前，他想先亲自体验一下，可一个人去多没劲啊，所以他就想带上女儿和女儿的朋友，再拉上几个跟女儿年纪相仿的青年才俊，大概也是想顺便物色物色女婿吧。"

物色女婿……和户不由得想起了前年[1]的遭遇，心中的忐忑越发强烈。

"你意下如何啊？听说就三天两晚。你要是愿意，我就去跟三组组长打声招呼，让他批你几天带薪假。"

"谢长官厚爱，属下乐意之至。"

和户怀着沉重的心情回答道。

1　原文为去年，但实际应该是前年。

2

当天的集合地点是离度假村最近的咖啡馆，就在车站跟前。人到齐以后，再一起坐小巴去度假村。

十月的天空晴朗无云，正是秋高气爽的好时节，肯定不会像上次那样被台风困住。

和户推门走进咖啡馆，只见靠里的桌子围坐着六名男女。其中的矮个老者一见到和户便笑开了花——此人正是笹森俊介。

"好久不见啊！难为你百忙之中抽空过来。"

"多谢您的邀请。"

"听说你们三组还是有案必破啊，不得了！"

"您过奖了，我不过是沾了同事和领导的光。"

"谦虚什么！听说你不在的时候，搜查会议都讨论不出什么名堂呢，你也功不可没啊。"

　　笹森俊介右边坐着一位二十岁出头的高挑美女，正是董事长千金笹森月子。月子瞄了和户一眼，冷冷地点了点头。听说她在前年七月的南门岛事件后远赴美国留学，这次是回国休长假的。

　　月子右边坐着一位同龄女士，相貌粗犷，头发染得五颜六色，红的、紫的、白的……身材高大魁梧，双臂壮如圆木。

　　"这位是时任果步，上初中的时候就跟我们家月子成了好朋友，现在是职业摔跤手。"

　　"你好，"时任果步用粗哑的声音打了招呼，"我打比赛的时候都用'野牛果步'这个名字。"

　　月子和果步对面坐着两位二十多岁的男士。一个是身材苗条的帅哥，另一个则是恐怕不足一米六的小个子。

　　"这位是氏丸光平，殿村商事社长的儿子，现在是他们公司的资材课课长。"

　　董事长先介绍了苗条帅哥。此人双腿修长，牛仔布夹克配牛仔裤的装束也很衬身材。

　　"这位是盐崎茂，是综合医院的外科医生。"

　　董事长又把小个子介绍给大家。矮小的身躯顶着张老成的面孔，造就了难以言喻的不协调感。

　　最后是坐在董事长左边的管家平山。他也是南门岛事件的亲历者，身材高大魁梧，西装笔挺，样式朴素却显得档次颇高。他留着胡子，长相俊朗。

　　约莫五分钟后，咖啡馆的门开了，走进来一位不到六十岁、看起来诚实可靠的男士。原来此人就是度假村的管理员，名叫北岛。一行人坐上了他驾驶的小巴，前往度假村。

小巴刚从车站出发，就驶入了一片田园地带。开着开着又钻进了山区。又开了十多分钟后，视野豁然开朗。

度假村建在林间开辟的空地上，总占地面积有数百坪[1]。村口有一栋大别墅，周围则是七栋小别墅。据说大别墅是服务站，小别墅是客房。可以把整座度假村想象成一个半圆，服务站位于半圆的中心，七栋小别墅等距分布在圆弧上。

北岛先带一行人走进服务站，参观了能够容纳所有住客的大餐厅。餐厅里放着一张特大号的整板原木桌，墙边摆着饮水机。餐厅的深处好像是厨房和管理员北岛的居室。

"一日三餐都可以在这里吃，由我亲自下厨。每栋别墅都配了厨房，想自己做饭也是没问题的，但食材需要自行去镇上采购，我们也会提供必要的炊具。赶了一天路，想必大家都累了——"

说着，北岛端出了红茶和洋梨挞。据说洋梨挞是他亲手做的，味道好极了。这让和户对接下来的几顿饭充满了期待。

谁知月子语出惊人：

"今天的晚餐就交给我吧。"

正喝着红茶的果步差点呛到。氏丸光平表示"那可太让人期待了"，盐崎茂则笑着问道："方便透露一下菜单吗？"

---

1 面积单位，1坪约为3.306平方米。

"你们就等着瞧吧。"月子如此回答。

见笹森俊介忧心忡忡，和户也不由得提心吊胆起来。老父亲露出了那样的表情，月子的厨艺究竟是个什么水平啊……

"要我帮忙吗？"

果步提议道，月子却拒绝了："不用，我自己搞得定。"果步点了点头，表示好吧，强悍的脸上分明有慌乱之色，看得和户越发忐忑了。

"度假村里还有网球场呢，你们几个年轻人要不要去打会儿球？"笹森俊介提议道。

"好主意！"盐崎茂兴高采烈道，"月子小姐、果步小姐、我、氏丸先生加上和户先生，刚好有五个人，可以一个当裁判，另外四个组队打双打，大家轮流上场。"

月子、果步与和户都很赞成，氏丸却摇了摇头，很是遗憾地说道：

"我就不打了，脚有点痛。"

和户本以为氏丸是那种就算腿脚略有不适也要硬着头皮参加集体活动的人，所以颇感意外。

喝完了茶，大家前往各自的小别墅安放行李。七栋小别墅等距分布在圆弧上，从右到左分别住着平山管家、笹森俊介、氏丸光平、盐崎茂、和户、月子和时任果步。

小别墅均有上下两层，一楼是起居室、厨房和一体式卫浴，二楼是卧室。起居室里有一张桌子、两把椅子、一张双人沙发和一台电视。厨房里有一台小冰箱。打开冰箱门一看，里面放着两瓶矿泉水。

和户把行李撂在起居室的地上，活动了一下肩膀。毕竟要住两个晚上，他带了不少东西。

*

晚餐七点开始。

众人在餐厅就座后，只见月子推着一辆大推车走出厨房，上面放着七个热气腾腾的盘子。原来今晚的主菜是汉堡肉饼，配了西兰花和糖渍胡萝卜。

看着还挺正常的……但和户转念一想，还没尝过，万不可掉以轻心。

月子给每个人上了一份。她做的汉堡肉饼远看还凑合，近看就不行了——形状歪歪扭扭，而且煎得太焦了。

大家齐声说了句"我开动了"，便战战兢兢品尝起来。和户也尝了一口。煎得太焦是显而易见的，但他没想到的是，这肉饼居然只有肉味。盐就不用说了，连胡椒和肉豆蔻都没加。

"月子啊，这汉堡肉饼有没有加盐和胡椒啊？"笹森俊介问道。

"当然加了啊，父亲。"

"那有没有揉匀啊？"

"哎呀，我忘了。"

月子满不在乎地回答道，惊得和户差点栽下椅子。

"这肉饼呈现出了食材的原汁原味，很好吃啊。"盐崎茂勉强恭维道。

"跟上次比进步很大呀！"果步如此说道。这都算"进步"，上次得做成什么样啊……

氏丸光平却吃得眼泪汪汪。这肉饼有好吃到催人泪下的地步吗？和户不由得感叹，这就叫萝卜青菜，各有所爱吧。

3

第二天上午七点半，和户睁眼起床。

下到一楼的起居室，正准备在台盆洗个脸，却发现水龙头不出水。浴室的水龙头也一样。怎么搞的？

无奈之下，和户只能直接刮胡子，换了身衣服。早餐安排在了八点，还是在服务站吃。这次是管理员北岛做的，可以放一百个心。虽然不知道北岛手艺如何，但应该不会比月子还糟糕。

走去服务站时，和户巧遇了从各自的小别墅出来的月子和果步，便跟她们打了招呼。果步本想举起右手回礼，却突然皱起眉头，痛得"哎呦"了一声。

"好像停水了。"和户这么一说，果步便点头应道："我那栋也是！"看来大家都遇到了一样的问题。

"都没法在化妆前洗个脸！"月子火冒三丈。

走进服务站的餐厅，只见笹森俊介已经就座了，正在看报纸。穿着管家制服的平山站在一旁。这位家电巨头的董事长一见到和户他们便笑眯眯地道了声"早上好"。没想到他老人家是头一个到的……和户诚惶诚恐地回了话。

"父亲，我们的别墅都停水了！"月子鼓着腮帮子说道。

"好像是的。刚才我也跟北岛说了，他检查了一下度假村的设备，没查出什么故障，一问水务局才知道，原来是给度假村供水的管道老化爆裂了，这才导致了停水。水务局已经在抢修了。"

"没水还怎么做早餐啊？"果步惴惴不安地问道。也是啊，她那么大的块头，吃不上早餐可太难熬了。

"北岛说他能用饮水机里的水，不碍事。"

盐崎茂也来到了餐厅。

平山瞥了一眼手表，对笹森俊介说道：

"八点了，氏丸先生还没来，您看怎么办？"

"先开饭吧。小伙子可能是累着了，让人家多睡会儿。"

"遵命。"

平山去厨房推来一辆餐车。车上摆着法式煎蛋卷、沙拉、面包……看着就让人食欲大开。瞧瞧平山那娴熟的上菜手法，打包送去英国电影的片场演个管家都不成问题。

管理员的厨艺好得超乎预想，美食定会成为这座度假村的一大卖点。笹森俊介满意地点了点头，时任果步也连连感叹"真好吃"。月子脸上也带了点不情不愿的赞叹。盐崎茂眯着眼睛，细细品味餐后咖啡。

"这么好吃的早餐，不吃就太可惜了。要不要去叫氏丸先生一声？"笹森俊介问道。

"我去吧。"和户主动请缨，走出餐厅。

他来到氏丸的小别墅门口，抬手敲了敲门，但屋里静悄悄的。他又敲了一次，还是无人回应。抓住门把手一拧，才发现门没上锁。看来氏丸已经起床了。

"氏丸先生，早上好！"和户边喊边推门。谁知跃入眼帘的景象，让他顿时惊呆了。

只见氏丸仰面倒在起居室的地上，全身一丝不挂。

和户畏畏缩缩地凑了上去，发现氏丸已经死了，而且死不瞑目。为稳妥起见，和户探了探脉搏和呼吸，确定人确实是去世了。多年的从业经验告诉他，氏丸应该死于四五个小时之前。

昨天还好端端的，怎么就莫名其妙死了呢？氏丸不像是有慢性病的样子。既然不是自然死亡，那就很可能是他杀了。可是一眼看过去，他身上并没有扎着刀具之类的利器，也没有出血的迹象。周围没有呕吐物，应该也不是中毒。

仔细观察氏丸的头部，才发现有撮头发被血糊住了，看来头部曾遭钝器击打。和户环顾四周，却没有发现疑似凶器的钝器。

他急忙离开氏丸的小别墅，以最快的速度跑回服务站，冲进餐厅。众人围坐在餐桌旁，平山和北岛站在一旁。所有人的目光齐刷刷地投向和户。

"辛苦你了，氏丸先生起床了吗？"

笹森俊介问道。和户环视在场的众人：

"告诉大家一个坏消息……氏丸先生去世了。"

"——去世了？"

众人倒吸一口凉气。

"是的，他倒在了小别墅一楼的起居室。"

"此话当真？"笹森俊介问道。

"我检查过了，人确实是死了，头部有被击打过的痕迹。"

"是他杀吗？！"

盐崎茂的喊声无异于惨叫。和户点了点头。

"我也去看看。"

笹森俊介起身说道。其他住客也跟着站了起来。

"女士们还是留在这里吧。"

"没关系的，父亲，我们也一起去。"

月子说道，果步也点头表示同意。

"呃……氏丸先生没穿衣服，看之前请做好思想准备。"

和户提醒两位女士——尽管他觉得这么说好像怪怪的。

"放心，我们不会尖叫的。"月子冷冷地回了一句。

一行人来到氏丸的小别墅，走进起居室，围住倒在地上的尸体。美男子赤身倒地的景象令人悲从中来。和户再次环顾四周，却没有发现氏丸的衣物。

"还是先报警吧。"

和户掏出手机。他毕竟是警察，报警这种事还是交给他来办为好。

电话接通后，和户告诉接线员度假村出了人命，有他杀的嫌疑，并表明了身份，说自己是警视厅搜查一课的探员。本以为对方会说"立即派人过去"，谁知——

"非常抱歉，我们至少要两三个小时后才能到达。"

"啊？为什么？"

"是这样的，今天凌晨一点左右，通往度假村的那条路的正下方爆了条老旧水管，把路给淹了。警车无法通行，我们只能徒步前往，再怎么快也需要两三个小时。"

"这样啊……"

"请您务必保护好现场。"

万万没想到，那根爆裂的水管不仅导致了度假村全面停水，还生生造出了一座"暴风雪山庄"。和户不由得想：我八成是被暴风雪山庄之神给诅咒了……

4

听完和户的转述，众人议论纷纷。

"怎么又碰上凶杀案了……"笹森俊介嘟囔道。

"您不是头一回遭遇凶案啊？"盐崎茂很是惊讶。

"是啊。我们家在濑户内海的小岛有座别墅。前年夏天，别墅里也出了桩命案，当时我、月子、平山跟和户先生都在场。"

"凶手找到了吗？"

"嗯，顺利破案了。"

"请问……我们该怎么保护现场呢？"时任果步问和户。

"其实也不需要大家做什么，'什么都不做'就是对现场最好的保护。"

"哦……可好歹给氏丸先生盖点什么吧，就这么让他躺在地上也太可怜了。"

这位职业摔跤手看着彪悍，其实心地善良。和户去二楼的卧室拿了条毛毯，盖在了氏丸的尸体上。

"既然警方要两三个小时才能赶到，我们不妨利用这段时间自己推理一下吧？"

笹森俊介两眼放光，仿佛刚听到某种革命性的家电创意。

"自己推理……吗？"盐崎茂说道。

"嗯。不瞒你说，前年夏天出事的时候，警方也因为台风上不了岛，结果在场的几个人讨论了一番，就把案子给破了。说不定这次也能讨论出真相呢。"

"原来是这样，那还是很值得一试的！"盐崎茂说道，其他人也纷纷点头，目光炯炯。看起来是华生力起效了。

"我想先问问搜查一课的和户先生，凭你的探案经验，能推测出氏丸先生的死亡时间吗？"

"我毕竟不是验尸官，不敢下定论，但应该是四五个小时前吧……"

笹森俊介转向外科医生。

"盐崎先生怎么看？"

"我的专业不是法医学，也没有十足的把握，不过……"

盐崎茂边说边在尸体旁蹲下，仔细观察被害者的眼睛，还弯了弯四肢的关节。想必是在查看角膜的混浊程度和尸僵的进展。

"我同意和户先生的结论，氏丸先生应该是四五个小时前去世的。"

"现在是早上八点多，也就是说，死亡时间应该是今天凌晨三点到四点。"

那时大家都在睡觉，查问不在场证明也是白费力气。

"这起凶案最让人不解的地方，在于'凶手为什么要带走氏丸先生的衣服'，"家电巨头董事长抱着胳膊说道，"大家有什么想法吗？"

平山清了清嗓子。

"恕我冒昧，可否由我率先发表推理？"

"哟，说来听听。"

"凶手为什么要带走氏丸先生的衣服呢？我认为，原因很可能是氏丸先生的衣服上沾了能够揭示凶手身份的东西，于是凶手干脆就把衣服一并带走了。"

"能够揭示凶手身份的东西？"笹森俊介面露疑惑。

"应该是血。凶手在行凶时与氏丸先生发生了搏斗，自己也受了伤。如果不想办法把血迹处理掉，到时候警方一验就能锁定凶手，所以凶手才带走了衣服。"

"有道理……"

"那么凶手究竟是谁呢？在场的所有人里，只有一位是明显受过伤的，那就是果步小姐。"

"啊？你说我？"职业摔跤手瞠目结舌。

"是的。果步小姐的右臂似乎很疼，很可能是与氏丸先生搏斗时受了伤。"

"我可没受伤啊。右臂疼只是因为昨天网球打狠了。昨天还好，今天早上一睁眼就酸得不行，"果步卷起右袖，露出了坚如磐石的手臂，"瞧，干干净净的，皮都没破。"

"……确实如您所说。"

"要我说啊，'凶手带走氏丸先生的衣服是因为上面沾了血'这个推理本就是有问题的。"

"有吗？"

"就算在搏斗时沾上了血，那也仅限于外衣啊，总不至于碰到氏丸先生的内衣吧？何必连内衣都扒光呢？可凶手带走了氏丸先生的夹克、贴身衬衫、长裤、内裤和袜子。说凶手是为了湮灭血迹才把人扒光的，未免有些牵强。"

"也许凶手出了非常多的血，连内衣和袜子都沾上了。"

"要真出了那么多血，凶手肯定伤得很重，应该是能通过举手投足看出来的。你觉得我们之中有人受过那么重的伤吗？"

"……没有，"管家鞠躬致歉，"请恕我思虑不周。"

*

平山的推理刚落下帷幕，盐崎茂就迫不及待地开了口。

"衣服是用来干什么的呢？当然是用来穿的。所以我们不妨换一个角度想想——说不定，凶手带走氏丸先生的衣服也是为了穿。既然是为了穿，那就意味着凶手当时没有衣服穿。也就是说，凶手实施犯罪前在洗澡。"

"此话怎讲？"和户适时引导。

"凶手在氏丸先生的小别墅里洗澡时，氏丸先生一时兴起，把人家的衣服藏了起来。凶手洗完澡出来，发现衣服不见了，一气之下杀了氏丸先生。凶手需要尽快离开现场，却没有衣服穿，于是便扒走了氏丸先生的衣服。"

和户心想：有道理啊……我怎么就没想到这种可能性呢。

"氏丸先生通过'藏衣服'跟凶手闹着玩儿，可见凶手很可能是女性，不是月子小姐就是果步小姐。氏丸先生的身材偏瘦弱，高大健壮的果步小姐显然穿不下他的衣服。所以凶手就是月子小姐。"

因为衣服被人藏了起来愤而行凶——这确实像月子的行事风格。月亮女神狄安娜不也派猎犬咬死了偷看自己洗澡的阿克特翁吗？不过和户是真心佩服盐崎茂的胆量，竟敢当众指控月子……看来华生力不仅能显著提升推理能力，还会将"想要发表推理"的欲望推高到极致。

"你说我是凶手？！"月子顿时柳眉倒竖，"我干吗要去氏丸先生的别墅洗澡啊！"

"也许你们是男女朋友的关系……"

"我可瞧不上那个油头粉面的窝囊废！"

如此贬损死者未免有些过分。

"再说了，你的推理从根本上就是错的！"

"怎……怎么错了？"盐崎茂似乎被月子的气势吓到了。

"你说凶手是因为自己没有衣服穿才带走了氏丸先生的衣服，可凶手何必连内衣跟袜子都扒呢？他只要确保回自己别墅的路上有衣物遮住要害就行了，扒下夹克、衬衫和牛仔裤就足够了，根本没必要扒内衣和袜子啊。"

"也许凶手是觉得，光扒夹克、衬衫和牛仔裤会让大家猜到自己拿走衣服的理由，所以一并带走了内衣和袜子，以便混淆视听。"

"其实凶手完全没必要扒氏丸先生身上的衣服——我们要在度假村住三天两夜呢，氏丸先生肯定还带了别的衣服，凶手直接拿不就行了？只要凶手脑子没进水，就不会大费周章去扒别人身上的衣服。"

"……确实如此，抱歉。"

盐崎茂鞠躬认错。月子用冰冷的眼神打量着眼前的小个子。就算他原本是女婿候选人之一，这么一闹，月子肯定不会再考虑他了。站在月子旁边的时任果步投去怜悯的目光。

*

"呃……我也想到了一种可能性，可以发表一下自己的推理吗？"

管理员北岛诚惶诚恐道。

"您讲，您讲。"和户连忙说。

"我也认为凶手带走氏丸先生的衣服是为了自己穿。"

"这个假设不是已经被推翻了吗？"

"如果凶手只是为了确保回别墅的路上有衣物遮住要害，那确实是随便拿哪件衣服都行，无须特意扒下氏丸先生身上的衣服。但如果凶手想要的，偏偏就是氏丸先生身上的衣服呢？"

"凶手想要的就是他身上的衣服？"

"是的。听说有些设计精妙、材料考究的旧衣服被称为'vintage'，价格不菲。不过我也不太了解行情就是了。也许氏丸先生穿的就是vintage。凶手看了出来，想要把衣服搞到手。当然，凶手本想通过谈判达成目的，奈何氏丸先生不肯答应，于是凶手痛下杀手，抢走了那身vintage。"

盐崎茂一脸困惑：

"如果氏丸先生穿的是vintage，那就只可能是牛仔布夹克或牛仔裤。单拿那一件不就行了？可凶手连衬衫、内衣和袜子都带走了，没法用'抢vintage'这个推论来解释啊？"

"如果只拿走vintage，凶手的意图就一目了然了。所以凶手一并带走了没用的衬衫、内衣和袜子，以便掩人耳目。"

"氏丸先生昨天穿的衣服看着确实挺值钱的，可也没到痛下杀手占为己有的地步吧……"

"一个东西有没有价值是人的主观决定的，凶手肯定觉得那件vintage很有价值。"

北岛环视在场的众人。

"那么凶手究竟是谁呢？凶手看上了氏丸先生的vintage，这说明他自己也想穿，因此凶手应该是男性，而且体形和氏丸先生差不多。在场的男性共有五位，分别是笹森先生、盐崎先生、和户先生、平山先生和我。平山先生高大魁梧，显然穿不上氏丸先生的衣服。"

管家点头致意。

"恕我直言，盐崎先生个子矮小，氏丸先生的衣服恐怕也不太适合您。"

外科医生露出五味杂陈的表情。

"笹森先生财力雄厚，想要什么样的vintage都能买到。再说了，只要笹森先生开口要，氏丸先生肯定会立刻双手奉上。"

确实……和户心想。昨天氏丸一直在拼命拍董事长的马屁。

"我对vintage什么的可是一点兴趣都没有啊……"家电巨头董事长苦笑道。

"而我很清楚自己不是凶手。"

北岛如此说道。照理说这不能作为排除嫌疑的理由，但和户没吭声。

"那就只剩下和户先生了。恕我冒昧，我认为凶手很可能是和户先生。"

又来了……和户叹了口气。这已经是他第三次被指认为凶手了。第一次是前年碰上的地下画廊凶案，第二次则是去年十月的鲤川线凶案。

"凶手不是我……不过我再争辩也没用。要不这样，请大家检查一下我的行李和别墅。如果没找到氏丸先生的衣服，就能证明我的清白了。走吧！"

和户带头走向餐厅大门。众人紧随其后。走进自己的别墅后，和户说了声："大家随便查"。

"你真不介意啊？"笹森俊介很是怜悯地问道。

"不介意，尽管查好了。"

"那我们就不客气了……"

男士们翻起了和户的行李，女士们则对别墅开展了地毯式搜索。查了约莫三十分钟，却没找到氏丸的衣服——这也是理所当然的。

"看来和户先生并不是凶手，不好意思。"北岛鞠躬致歉。

"慢着！"月子语气犀利，"还不能下定论。"

"怎么说？"

"说不定和户先生用塑料袋之类的东西仔仔细细裹住了氏丸先生的衣服，藏在了度假村的某个地方。只要包得够严实，衣服就不会污损。"

"……对哦。"

和户真想仰天长叹，但还是耐着性子提议："那就在度假村里找找看？""可以。"月子点头赞成。

"怎么找呢？分头行动吗？"

"请恕我多疑，如果分头行动，和户先生很可能会把衣服转移到别处，所以还是大家一起走为好。"

众人都很赞成月子的提议，决定一起出动。

找到度假村东边的尽头时，只见一些疑似衣服的东西散落在树根旁。走近一看，还真是衣服。牛仔布夹克和牛仔裤看着都很眼熟，就是氏丸昨天穿的。还有长袖衬衫、内衣、内裤和袜子，全都被随意扔在地上，而且都被剪得七零八碎。

"这些都是氏丸先生昨天穿的吧？"笹森俊介说道。众人表示赞同。

"衣服被随便扔在外面，还被剪得稀烂……实在不像被凶手视若珍宝的vintage啊。"

听完笹森俊介的评语，北岛垂头丧气道："您说得对。"他再次向和户鞠躬道歉："非常抱歉。"

"您千万别放在心上。对了，我想简单检查一下氏丸先生的衣物，并在警察到来之前妥善保管，大家意下如何？"

"就按你说的办吧。"笹森俊介点头应允。

和户请北岛去服务站取来大号塑料袋和劳保手套。先用手机拍摄散落在地的衣物，再戴上手套，逐一拿起衣物检查。所有衣物都没有沾染血迹，这再次否定了平山的推论——"带走氏丸的衣物是因为上面沾了凶手的血"。

接着，和户将氏丸的衣物装进了塑料袋。虽然这么做无疑是移动了现场证物的位置，但他想避免衣物在辖区探员赶到前被野生动物叼走的情况。而且他已经用手机拍摄了衣物的原始位置，装袋保存应该也没有大碍。

不过话说回来……和户不由得想，凶手为什么要拿走氏丸的衣物呢？

＊

"回餐厅喝点热茶吧。"

在笹森俊介的提议下，一行人回到了服务站的餐厅。平山泡了一壶香气扑鼻的红茶。大家端起杯子一尝便赞不绝口。下一个推理的会是谁呢？和户刚冒出这个念头——

"我也想到了一套推理，"娴雅地喝着红茶的月子开口说道，"大家刚才一直在讨论凶手为什么要带走氏丸先生的衣物。听着听着，我发现大家的推理有一个理所当然的大前提。"

"什么大前提？"和户见机捧哏。

"就是'凶手扒下了尸体身上的衣物'。平山的推理也好，盐崎先生的推理也罢，还有管理员的推理，其实都建立在这个大前提上，只是大家对凶手带走衣物的理由做出了不同的推测。问题是，扒死者身上的衣物是相当费事的。因此我认为，并不是凶手扒下了氏丸先生的衣物，而是氏丸先生本来就没穿衣服。"

"本来就没穿衣服？"

"换句话说，当时他正在洗澡。凶手想除掉氏丸先生，但对自己的体力没有信心，生怕遭到反击。于是他决定攻其不备——正在洗澡或者刚洗完澡的人处于最放松的状态，对四周是毫无防备的。

"凶手在氏丸先生洗澡的时候偷偷溜进了他的别墅，手持钝器守在一体式卫浴的门边。在氏丸先生开门走出来的那一刹那，凶手挥下钝器，将其杀害。这个时候，氏丸先生的衣物应该在脏衣篮里。衣服一旦被发现，大家就会意识到，氏丸先生是在刚洗完澡的时候遇害的——换言之，凶手是一个手无缚鸡之力的人，没有信心当面行凶，所以凶手才带走并丢弃了那些衣物。

"由此可见，凶手必须符合以下两个条件：第一，手无缚鸡之力；第二，知道氏丸先生正在洗澡。"

月子环顾众人。

"先看第一个条件。凶手是一个手无缚鸡之力的人，所以可以排除身强力壮的果步和平山。"

职业摔跤手振臂欢呼，管家则鞠躬致意。

"第二个条件存在若干种可能性。首先是'当时凶手就在氏丸先生的别墅里'，所以知道他在洗澡。可谁会在接待客人的时候跑去洗澡呢？如果氏丸先生跟异性做了某种约定的话，倒还有可能在那位异性在场时跑去洗澡。但我们之中只有两位女士，果步的嫌疑已经被排除了，而我在反驳盐崎先生的推理时也说过，我显然瞧不上那种油头粉面的窝囊废。"

月子再一次毫不留情地贬斥逝者。

"如果别墅里有其他男士在，氏丸先生就更不可能跑去洗澡了。从心理层面看，无论那位男士是来聊天的还是来吵架的，他都不可能把对方撂在一旁，自己跑去洗澡。综上所述，氏丸先生洗澡时，凶手并不在他的别墅里。"

"那凶手怎么知道氏丸先生在洗澡呢？"

"一体式卫浴是有窗户的，外面的凶手可以通过窗口的灯光和水声确定氏丸先生在洗澡。"

"凶手在外面？难道他当时在散步？"

"请大家回忆一下，氏丸先生的遇害时间是在凌晨三点到四点。在那个时间段外出散步的可能性微乎其微。"

"那凶手怎么会跑到外面去呢？"

"我所说的'外面'并不是户外，而是'氏丸先生的别墅外面'。"

"那不是一回事吗……"

"当然不是！"月子用像是在看笨蛋的眼神看向和户，"凶手既不在氏丸先生的别墅里，又不在户外，而是在隔壁的别墅里。"

"哦，原来是这个意思……"

"虽然左右两侧都有别墅，但只有其中的一栋能看到氏丸先生所在的浴室窗口。"

和户回想了一下度假村的布局。从服务站望过去，氏丸那栋的浴室是在右手边的。住在氏丸右边的人是——

"是谁？"笹森俊介问道。

"就是您啊，父亲。"

众人齐声惊呼。万万没想到，月子要揭发的竟是自己的父亲。

"您年事已高，体力不济。决定杀害氏丸先生时，您当然会担心自己打不过，所以才打算在他刚洗完澡的时候动手。想必您一直盯着他那栋别墅的浴室窗口。等灯光亮起，水声传来，您就用备用钥匙溜了进去。氏丸先生洗澡时肯定会锁门，但凶手是打开门锁溜进去的。您是度假村的老板，可以轻易拿到备用钥匙，这一点也加重了您的嫌疑。"

被亲女儿指认为凶手，天知道笹森俊介会是什么反应……和户战战兢兢地看过去，却发现这位家电巨头的董事长不仅没有生气，反而一脸欣慰。

"我一直担心大家对我有所顾忌，不敢指认我，现在总算有人怀疑我了，真是可喜可贺啊。毕竟企业的发展离不开百无禁忌的讨论。"

到底是日本家电巨头的一把手，格局就是不一样。

"只可惜啊，月子，你的推理是错的。"

"哪里错了？"

"根据和户先生的推测，氏丸先生的死亡时间是凌晨三点到四点。按照你的推理，氏丸先生是刚洗完澡的时候遇害的。这意味着氏丸先生是在凌晨三点多洗的澡。但警方刚才提到，给度假村供水的水管是今天凌晨一点左右爆裂的。也就是说，度假村从那时起就停水了。既然凌晨一点就停水了，氏丸先生就不可能在凌晨三点洗澡。"

"这倒也是……"

千金小姐垂头丧气。

＊

“这回轮到我推理了吧？”

笹森俊介环视众人说道。和户心想，压轴的来了，这位可是日本头号家电制造商的董事长，推理能力肯定不会差。再加上华生力的助攻，怕是要所向披靡。

“在刚才发表推理的四个人里，有三个人的前提是‘凶手带走氏丸先生的衣服是因为需要衣服本身’。平山认为‘衣服上沾了凶手的血，所以必须带走’。盐崎先生认为‘扒下衣服是为了遮住凶手自己的身体’，而北岛先生则认为‘那身衣服是珍贵的vintage’。以上三种推理都侧重于衣服本身的价值。月子的推理则聚焦了‘氏丸先生没穿衣服’这一点。我的推理也建立在‘氏丸先生没穿衣服’上，不过这并非因为我们是亲父女。我认为，凶手之所以带走氏丸先生的衣服，就是为了让遗体一丝不挂。”

和户屏住呼吸，静候家电巨头董事长的推理。

“凶手为什么非要让遗体一丝不挂？没有了衣物的遮挡，身体各个部位的尺寸和形状就一目了然了。据我猜测，这就是凶手的意图所在。”

“……怎么说？”

“氏丸先生身材苗条，双腿修长，但我总觉得这具遗体与他生前的样子有所不同——腿看起来没那么长了。于是我便想到，他可能穿了增高鞋。"

"……增高鞋？"

"他昨天的言行也可以佐证我的猜测。"

"哦？"

"昨天抵达度假村后，我建议年轻人去打会儿网球，但氏丸先生拒绝了。要知道打网球是跟月子拉近关系的绝佳机会，他却拒绝了，当时我就很纳闷。他要是穿了增高鞋，那就说得通了。因为穿着增高鞋没法进行网球那样的剧烈运动。可要是脱掉那双鞋，他的腿就会变短，瞬间露馅。"

"哦……"

"那凶手究竟是谁呢？凶手之所以让遗体一丝不挂，是为了揭露'他的腿没大家想的那么长'。也就是说，凶手视他为竞争对手。所以凶手必然在盐崎先生与和户先生之中。"

和户急得差点跳起来。我可没想当您的女婿候选人，怎么会当氏丸先生是竞争对手？他是多么想为自己辩解啊，但还是选择了沉默。盐崎茂更是惊得目瞪口呆。

"那究竟是他们之中的谁呢？氏丸先生的腿没大家想得那么长，换句话说，就是氏丸先生没大家想得那么高。想要揭露这一点的人必然是很介意身高的——请恕我冒昧，盐崎先生，我认为你就是凶手。"

"我？"矮小的外科医生指着自己，瞠目结舌，"您说我是凶手？"

"很抱歉……"

"父亲，还是先确认一下氏丸先生到底有没有穿增高鞋吧。"月子用冷静的语气说道。

"哎呀，也是。"

一行人转战氏丸的别墅。盖着毛毯的遗体还躺在起居室的地上。

笹森俊介拿起放在门口的鞋，细细端详起来。

"……似乎不是增高鞋。"

和户他们也拿起鞋子检查了一下。

"氏丸先生的腿本来就没那么长。看着长，不过是因为他穿了一条修身款的牛仔裤。再加上自己是个美男子的自我暗示，就给旁人留下了那样的错觉。"

月子是一点面子都没给逝者留。

"看来我的推理是错的。盐崎先生，和户先生，不好意思啊。"

见笹森俊介鞠躬道歉，和户诚惶诚恐，直说"没关系"。盐崎也连忙摆手。

和户心想：看来日本家电巨头的董事长也未必能想出精妙的推理。

5

一行人回到餐厅。平山接着给大家泡茶。

除了和户，唯一没发表推理的就是果步。众人齐齐看向果步（不知为何，竟没有一个人看向和户）。职业摔跤手清了清嗓子，开口说道：

"我的推理也以'凶手带走氏丸先生的衣服，是因为上面有能揭示凶手身份的东西'为前提。"

和户大惑不解。

"可这个推论不是已经被否定了吗？血不可能沾到所有的衣物。如果出血量大到了每一件都沾到的地步，那就意味着凶手受了一眼就能看出来的重伤，但我们之中并没有符合这个条件的人。再说了，刚才找到的衣物都是干干净净的，什么也没有啊。"

"原来是有的，只是蒸发了罢了。"

"蒸发了？"

"是的，衣物沾到的是水。水的流动性比血液更强，因此不仅会打湿外衣，还会浸透内衣。沾了水的衣服对凶手非常不利，所以凶手才带走了所有的衣物。"

"为什么沾了水的衣物会对凶手不利呢？"

"因为度假村断水了。"

"怎么说？"

"笹森先生刚才也说过，给度假村供水的水管是今天凌晨一点左右爆裂的，从那以后，整座度假村就断水了。而氏丸先生是凌晨三点到四点遇害的，当时度假村处于断水状态，衣物能被大量的水打湿的地方就只有一处。"

"你说的是哪里？"

"餐厅的饮水机跟前。遭到钝器殴打时，氏丸先生大概把饮水机也带倒了。倒下的饮水机漏出的水浸透了他的衣物。度假村早就断水了，别处哪有这么多水，要是不想想办法，大家就会立刻意识到氏丸先生是在服务站遇害的。必须把湿漉漉的尸体弄干，于是凶手扒下了他的衣服。衣物之所以七零八碎，是因为湿衣服很难脱，所以凶手就干脆用剪刀或刀子割开了。接着，凶手用毛巾擦干了尸体上的水，扶起饮水机，新换了一桶水。

"凶手不能把尸体留在服务站，于是就把尸体搬回了氏丸先生的别墅。再把湿衣服放进烘干机烘干，扔到度假村的尽头。

"凶手做这些手脚，都是为了不让大家发现'凶案发生在服务站'。因为凶手就是管理员。服务站闹出这么大的动静，管理员不可能注意不到，他却只字不提。这说明他在撒谎。由此可见，管理员就是凶手。"

众人看向管理员。管理员垂头丧气道：

"没错，是我干的……"

"你为什么要杀害氏丸先生？"

果步柔声问道。

"我不是故意的……昨天半夜，我被餐厅传来的可疑声响吵醒，还以为度假村进了小偷，就抡起防身用的棒球棍找了过去。开门一看，只见一个可疑的人影正在摆弄饮水机。对方似乎察觉到了我的存在，正要转身。我吓坏了，下意识挥下了球棍，正好打中了对方的头。那人应声倒地，把饮水机也带倒了。定睛一看，我才发现那是氏丸先生。我急忙去摸他的脉搏，可他已经被我打死了。接下来的事情跟果步小姐推理的一模一样……"

"可是话说回来，氏丸先生为什么会跑来服务站呢？"

和户问道。果步也是一脸疑惑："我也想不明白。"

就在这时，管家平山轻咳一声："关于这一点，我倒是有个猜测……氏丸先生之所以来服务站，很可能是因为他渴了。"

"——渴？"

"月子小姐做的汉堡肉饼明明加了盐和胡椒，吃起来却没有咸味和胡椒味。因为小姐没有充分揉捏肉饼，导致盐和胡椒没能均匀分布。因此包括我在内的几位客人吃到了寡淡无味的成品。但小姐加的那些盐和胡椒并没有消失，而是集中在了某块肉饼里。"

"不会是氏丸先生的那块吧……"

"是的，氏丸先生那块很可能加了七人份的盐和胡椒。"

和户想起来了。氏丸光平吃得眼泪汪汪，原来不是因为肉饼好吃，而是因为那是月子亲手做的，不吃完就是驳了人家的面子，所以只能硬着头皮吃。

"氏丸先生就这样吃下了加有大量盐和胡椒的汉堡肉饼。回到自己的别墅后，他肯定喝了冰箱里的矿泉水解渴。可两瓶矿泉水显然是不够的，他在半夜里活活渴醒了。矿泉水喝完了。想泡杯茶喝，却发现别墅断水了。就在这时，他想起服务站有饮水机。当时已是深更半夜，服务站早已关门，氏丸先生只得偷偷溜进去，结果被管理员错当成了小偷，挨了一棍，不幸丧命。"

要真是这样，说那块没有充分揉捏的肉饼酿成了惨剧倒也并无不可。辛辛苦苦做的菜被管家说得一无是处……月子倍感屈辱，咬住了嘴唇。

"平山！"

月子狠狠瞪着管家。

"小姐有何吩咐？"

和户本以为平山的饭碗要保不住了，谁知千金小姐大喊一声：

"教我做饭！"

管家深鞠一躬："遵命。"

第七章

五个推理的研究员

五人の推理する研究員

* 本章名的日语原文为「五人の推理する研究員」，致敬浅仓秋成所著《六个说谎的大学生》（日语原名为『六人の嘘つきな大学生』）及阿津川辰海所著短篇小说《六个狂热的日本人》（日语原名为『六人の熱狂する日本人』）。

1

忽而醒转，白色的天花板映入眼帘。

和户发现自己正躺在一张柔软的床上，身上盖着毛毯。

他一起身便觉得头格外沉。罩在眼前的透明塑料限制了视野。他吓了一跳，抬手摸头，竟摸到了个形似头盔的东西。想立刻摘下，却愣是摘不下来，像是什么地方卡住了。拉扯了好几回，最终只得放弃。

这到底是怎么回事……？

头盔表面光滑圆润，前侧是一块透明塑料板，覆盖了额头到人中的部位。嘴巴周边并无遮挡，应该可以正常呼吸和进食。但下巴被左右两侧伸出来的部件挡着，害得他无法摘下头盔。

这头盔到底是干什么的？我明明在室内，何必戴头盔？

最关键的问题是，我到底在哪里……？

和户环顾四周。

约莫六帖大的房间。地板、墙壁和天花板都是雪白的，像极了电影《2001太空漫游》[1]的布景。墙上只有一道门，不见一扇窗户。

我怎么会在这里？——和户记忆中的最后一幕是"下班走出警视厅"，当时不到下午六点。十二月的头几天太平无事，搜查一课第二强行犯搜查三组的探员们得以专心处理文书工作，和户也得以按时下班。坐电车回家时，车门上方的液晶显示屏滚过一条新闻快讯——"警方正在全力追捕偷窃面包车逃亡的'混沌'成员"。他心想：可千万别抽调我去帮忙啊……去年十月，他被卷进了一起凶案，见证了四名"混沌"首脑的落网。但要是老天爷赏脸的话，他还是想过与恐怖组织无缘的平淡生活。在离家最近的车站下车，走夜路回家时，背后忽有脚步声传来，说时迟那时快，耳边响起了气体喷射的声音……记忆在这里戛然而止。不难想象，他应该是吸入了某种催眠瓦斯，晕了过去，被人拖上车绑来了这里。

此时此刻，和户穿着一身神似病号服的衣服。左手腕上的手表不见了。回家时穿的西装、胸前口袋里的手机和手提包都没了踪影。

床边放着一双拖鞋。和户下床穿上拖鞋，走到门口。他握住门板上的L形把手，尝试开门，却发现门被锁住了。

门上并没有用来上锁的旋钮或锁孔，但门边有疑似读卡器的装置。和户环顾室内，却没找到卡片之类的东西。看来这门是开不了了。

---

1 由斯坦利·库布里克执导的美国科幻电影，于1968年上映。

此情此景，让他不由得想起了去年一月遭遇的绑架监禁案。莫非自己又被人绑架了？又有人把他关了起来，企图将他的特异功能占为己有？还是说，他遭到了"混沌"漏网之鱼的打击报复？

就在这时，门的内部"咔嗒"一响。和户心头一动，握住把手一拉……这一回，门开了。他急忙走出房间。

门外是一条约莫两米宽的走廊，伸向左右两侧。刚才的房间所在的这一侧墙壁上还有几扇门，对面的墙上却是一扇门都没有。

——请往右走。

一个年长女性的声音突然在耳边响起，吓得和户差点跳了起来。

"你……你是谁？！"

——请往右走。

对方没有回答，只是重复了一遍先前的指令。和户决定照办。往右走了一会儿，他便来到了一个较为开阔的空间。

空间呈正方形，边长约六米。中央摆着一座大型男性青铜雕像。雕像脚下有六把椅子，上面坐着六个人。和户一看，每一张面孔他都眼熟。

"你们怎么会在这里……"

自去年一月以来，和户在不当班的日子遭遇了六起凶杀案。而眼前的六个人，正是那六起案件的亲历者。

《丧尸挽歌》凶杀案的亲历者，律所文员羽鸟早苗。

大濑会总舵凶杀案的亲历者，黑帮马仔若狭。

鲤川线凶杀案的亲历者，野鸟摄影师田岛直树。

林太山索道凶杀案的亲历者，《周刊玉石》的记者梶原新平。

《噩梦星舰》凶杀案的亲历者，古稀女玩家村井文枝。

家电巨头董事长笹森俊介的女婿候选人之一、度假村凶杀案的亲历者，外科医生盐崎茂。

六人均身着白大褂，散发着知性的气场，给人留下的印象与上次见面时大不相同。每个人都注视着和户，两眼放光，这让他忐忑不已。

"这里到底是什么地方？我怎么会在这里？"

"这里是研究所。"

戴着耳机的村井文枝回答道。玩MR游戏《噩梦星舰》的时候，她可没戴耳机，莫非是最近听力出了问题？

"呃……是村井文枝女士吧？请问这研究所是研究什么的？"

"具体的不方便透露，我只能告诉你，这里做的是和大脑有关的研究。"

"——和大脑有关的研究？"

"和户先生，你有一种神奇的特异功能。当你遇到某种谜团时，这种特异功能会大幅提升旁人的推理能力。"

和户心头一跳——她是怎么知道的？村井文枝微微一笑。

"看来我说中了。"

"——你们到底是什么来头？"

"我们都是这座研究所的研究员。我是所长。我们早就察觉到了你的特异功能，一直在监控你不当班时的一举一动。不过大濑会一案确实是你误打误撞闯进去的，把我们吓得不轻。总之，你在我们的面前遇上案件，而我们都产生了'头脑突然变得清明'的感觉。在场的所有人显然都产生了同样的感觉，因为案件的相关人员都开始轮番发表推理，并成功揪出了凶手。同样的情况连续出现了六次，而且其中两次正是我们的人揭开了真相。我们因此确信，你是真的有特异功能。"

"……于是你们就把我抓回来研究了？"

"没错。"

"我戴着的这顶头盔是干什么的？"

"那是用来测定大脑活动的装置，我们想从这个角度分析你的特异功能。对了，还得告诉你一个坏消息，头盔里装了炸弹。"

"——炸弹？"

和户能清楚地感觉到自己此刻面无血色。

"不好意思啊，这是为了让你乖乖听话。万一你不照我们说的做，那可就麻烦了。"

"……乖乖听话？你们想让我做什么？"

村井文枝再次面露微笑。

"别怕，不是什么大不了的事。我们不过是想提供一个谜团给你，请你发动一下那种能力。"

"……什么谜团？"

"我们六个研究员将抽签决定由谁来扮演'凶手'。稍后，这位'凶手'会做一件事。谁是'凶手'，就是我们提供给你的谜团。"

"'凶手'要做什么？"

"放心吧，不过是把绳子缠在那座普罗米修斯像的脖子上罢了。"

村井文枝指了指空间中央的雕像——整座雕像约莫两米半高，主角是一位坐在石头上的半裸男子，右手握着形似火把的东西。雕像旁边的地上盘绕着一条一米多长的绳子。

"普罗米修斯？"

"普罗米修斯是希腊神话中的神，因为窃取众神的火种赠予人类而被宙斯惩罚，活生生被巨鹰啄食肝脏，受了三万年的折磨。多亏了他，人类才能借助火发展出各种技术。从这个角度看，他是人类——尤其是我们这样的科学家的大恩人。"

"你们却恩将仇报，要把绳子缠在这位大恩人的脖子上？"

村井文枝耸了耸肩。

"差不多吧，不过是个无伤大雅的玩笑。"

"有必要花这么多心思来研究我的能力吗？"

"那是值得我们付出一切代价去研究的能力。如果我们能够确定你在面对谜团时对周围施展了怎样的力量，并将其人工再现，便能为人类的进步做出巨大的贡献。你不妨设想一下，将这种人工再现的力量施加在挑战未解难题的各界学者、直面风云莫测的国际局势的政客、外交官和联合国机构的工作人员，以及为社会问题烦恼的政客、公务员和民间组织成员身上，会产生怎样的效果？他们的推理能力和解决问题的能力将会有质的飞跃，各种问题都能迎刃而解。如此一来，人类定能迈向更加光明的未来。"

其他研究员纷纷点头，仿佛在说"所长所言极是"。田岛直树用激动的声音插嘴道：

"在我们遇到那起鲤川线凶案中，那几个'混沌'的人把'东方毒素'奉为改写世界的法宝，藏得死死的。可是在我看来，他们的眼睛都是摆设。因为他们没有意识到，自己身边就有一股比寻常毒药强大得多的力量，足以改变整个世界的格局。不过，这种力量不会像毒药那样将世界推向深渊，而是会带领人类勇往直前。我说的就是你啊，和户先生。"

和户还从未受过这样的赞誉，只觉得浑身不自在。

"……可是，非法监禁必然会受到法律的制裁。难道人类能迈向更加光明的未来，世界能变得更好，你们犯的罪就能一笔勾销了吗？"

和户言及此处，突然想到了一种令人不寒而栗的可能性。

"……你们不会是打算收集完数据就杀了我灭口吧？"

研究员们都露了脸，对他毫不避讳，这也许是因为他们不打算让他活着离开。然而在场的研究员纷纷露出遗憾和委屈的神情。

"我们才没那么冷血呢。收集到足够的数据以后，我们会给你服用一种消除记忆的药物，然后送你回家。我们研究所已经研发出了有针对性的药物，可以单独抹去某个特定时期的记忆。"

"……还有这种东西？"

"请相信我们的技术实力。"

和户心里嘀咕：你们连研究所的名字都不肯说，谁敢信啊。

"你们说自己是研究员，可之前自我介绍的时候，你们报的都是别的职业，难道那都是瞎编的吗？我是在大濑会总舵见到若狭先生的，所以他应该是真的黑帮马仔。盐崎先生应该也是真的医生，不然也当不了笹森董事长的女婿候选人。"

"我们报给你的职业都是真的，只不过那都是用来掩人耳目的表象。研究员才是我们的主业。"

"为什么需要掩人耳目？"

"因为这座研究所开展的都是无法被社会认可的研究。"

"比如针对某个特定时期的失忆药？"

"对，还有更厉害的，但不能告诉你。事不宜迟，是时候启动实验了，"村井文枝说道，"先选定往普罗米修斯的脖子上缠绳子的'凶手'吧。请大家拿出手机。"

老妇人掏出小挎包里的手机。其余五人也拿出了各自的手机。

"每个人的手机上都安装了狼人杀游戏的APP，"村井文枝跟和户解释道，"稍后我们会点击手机屏幕抽卡，六个人中会有一个抽到'狼人'卡。游戏的主持人是由AI担任的，所以没人知道是谁抽到了。抽到那张卡的人将扮演'凶手'的角色。"

六人同时点击手机。和户仔细观察了他们的表情，可惜每个人都面不改色，看不出谁抽到了"狼人"卡。

"接下来，我们六个会回到各自的研究室等候一小时。和户先生，也请你回到刚才的房间。'凶手'会在这一小时内将绳子缠在普罗米修斯的脖子上。我会提前关闭研究所内的监控摄像头，所以‘凶手’不会被拍到。一小时后，我们六个人和你会再次回到这里，发现脖子上缠着绳子的普罗米修斯。届时，你的华生力会在‘谁是凶手’这个谜团的作用下发动。头盔里的测定装置将全程记录你的大脑活动。与此同时，我们六个也会受到华生力的影响。我们都在之前的案件中体验过那种感觉，所以华生力一旦发动，我们定会有所察觉。”

事态会按他们的计划发展吗？华生力能在这种状态下发动吗？和户心里七上八下的，但他没将这些疑虑说出口。

村井文枝又从包里掏出了一台平板电脑，输入密码后操作了一番。

“好了，研究所里的监控摄像头都已经关闭了。和户先生，请你回到刚才的房间。我不会送你过去，但我相信你是不会逃跑的——因为你很清楚逃跑意味着什么。”

言外之意就是：你敢跑，我就引爆头盔里的炸弹。

“时间到了我会通知你的，到时候请你再回到这里。”

“这地方有名字吗？”

“我们称这里为‘阿格拉’。”

“‘阿格拉’？”

“这个词在希腊语中是‘广场’的意思。做研究的人往往会过于专注自己的研究，不太跟同僚交流，但交流有时会激发出意想不到的灵感。这个空间就是交流的平台——好了，你该走了。”

“好吧。”说完，和户便走出了“阿格拉”。

2

和户回到了刚才的房间。刚关上门，便听见门的内部"咔嗒"一响。他试图开门，却发现门已经上了锁。看来是逃不出去了。就算能离开这个房间，只要他还戴着装有炸弹的头盔，就不可能重获自由。

和户一屁股坐在床上。天知道接下来会出什么事。他真能平安获释吗？焦虑的感觉涌上心头。他不确定自己被关了多久，但现在肯定已经是第二天的白天了。那就意味着搜查一课的同事和领导应该已经发现他没去上班了。他们说不定会想起年初的绑架案，猜到他又被人抓走了。问题是，就算能想到这一层，找到他的所在地也绝非易事。上次得救属实是机缘巧合，那样的好运气怕是指望不上了。

——时间到了，来"阿格拉"吧。

就在和户被焦虑压得喘不过气时，耳边响起了村井文枝的声音。紧接着，房门"咔嗒"一响，显然是锁开了。和户触电似的站了起来，走出房门，右转往"阿格拉"走去。

走进"阿格拉"一看，村井文枝、羽鸟早苗、若狭、梶原新平和盐崎茂已经回来了，大家都站在普罗米修斯像跟前。普罗米修斯的脖子上挂着绳子，看来"凶手"已经"实施了犯罪"。

然而，五位研究员注视的并非普罗米修斯的脖子，而是他坐着的那块石头的前方。怎么了？和户从五人身后探头看去。不看不知道，一看便惊得心脏几乎停跳。

只见一名男子右肩朝下倒在地上，蜷缩着身体，背上插着一把刀，周围一片血红。和户凑近一看，发现那人竟是田岛直树。

"……怎么回事？"和户问村井文枝。

"我也不知道，刚来就看见田岛倒在那里……"老妇人的声音瑟瑟发抖。

"你有没有检查过田岛先生的身体？"和户询问盐崎医生。

"还没有。"

"可以让我检查一下吗？"

"请便。"

和户蹲在田岛直树身旁，摸了摸他的右手，但没有摸到脉搏。瞳孔也已放大。和户本想把耳朵凑到田岛的嘴边，听听看他有没有呼吸，奈何有头盔挡着，听不分明。不过田岛面色惨白，怎么看都不像个活人。接着，和户看向田岛背上的刀。刀正中心脏所在的位置，与后背近乎垂直，而且扎得很深，几乎只有刀柄露在外面。刀口周边的白大褂染上了鲜血。从血液的凝固情况来看，死亡时间是二三十分钟前。

"他确实死了，而且是被人用刀捅死的，我建议你们立刻报警……"

"我们是不会报警的。"村井文枝如此说道。其他研究员也点头表示同意。

"不报警……？为什么？"

"一旦报警，就得跟警方解释我们为什么要绑架你了。在我们看来，为了人类的进步绑架你并测定你的大脑活动是非常正当的，但警方恐怕不会这么想。"

和户劝了又劝，但研究员们的态度很是坚决，只得无奈作罢。

"研究所里只有你们六个人吗？"

"是的，"村井文枝回答道，"测定你的大脑活动一事需要尽可能保密，所以文员和保安今天都没来上班。"

"看来凶手就在你们之中。"

"很遗憾，好像是这么回事。监控摄像头都提前关闭了，除了抽到'狼人卡'的研究员，其他人都不会靠近这里，以免目击到'实施犯罪'的瞬间，所以行凶时被人目击到的概率很低，正是下手的好机会……凶手大概是这么想的吧。"

就在这时，其他研究员惊呼起来。

"那种感觉来了……！"

　　"头脑从未如此清明！"

　　"真想立刻看看测出来的数据！"

　　"太棒了！有了这种力量，划时代的发明与发现指日可待！"

　　看来华生力已经顺利发动了。

　　和户看着那群满脸兴奋的研究员，生出了一个无比荒诞的念头。凶手不会是为了保证华生力如期发动才断然行凶的吧……?

3

　　"那就从我开始吧，"盐崎茂说道，"首先需要明确的是'田岛为什么会出现在这里'。所长刚才也说了，除了抽到'狼人卡'的研究员，其他人都不会靠近普罗米修斯雕像，以免目击到用绳子'实施犯罪'的瞬间。而田岛出现在了这里，这意味着他就是抽到'狼人卡'的人。

　　"凶手知道田岛抽到了'狼人卡'，会去'阿格拉'执行计划。他早就想除掉田岛了，趁这个时候在'阿格拉'动手，就不会被任何人撞见，可谓天赐良机。

　　"问题是，凶手怎么知道田岛抽到了'狼人卡'？答案很简单。田岛走出自己的研究室时，凶手听到了动静，偷偷开门看了一眼，猜到了他的身份，悄悄跟了上去。

　　"凶手为什么能听到田岛走出研究室的声音呢？因为凶手的研

究室就在田岛的研究室对面。羽鸟，你就是凶手。"

盐崎茂指名道姓地指控，却没有看羽鸟早苗一眼。羽鸟早苗也没有看他。

"和户先生都发动他的能力了，你却只能做出这般无聊透顶的推理……下面轮到我了。"

律所文员冷冷地点评道。

"我也认为田岛是抽到'狼人卡'的人。那凶手是怎么知道的呢？我们是用狼人杀APP抽签的，照理说大家不可能知道谁是'狼人'。答案很简单，那款APP可以让某个特定的人抽到'狼人卡'。APP是所长让我们装的，所以凶手就是所长。

"'测定和户先生的大脑活动'本就是所长制订的计划。其实'创造除掉田岛的有利条件'才是计划的初衷。多亏了这个计划，她才能名正言顺地关闭研究所内的摄像头，不让任何人接近普罗米修斯雕像。"

村井文枝瞪了羽鸟早苗一眼。

"羽鸟，你可是我一手提拔上来的，发表这样的推理岂不是恩将仇报？"

"对不起。但您是凶手的话，一切就都说得通了。"

"哪里通了？"村井文枝说道，"我的推理比你们俩的严谨多了。我重点关注的是挂在普罗米修斯雕像脖子上的绳子。抽到'狼人卡'的人本该把绳子缠在普罗米修斯的脖子上，然而正如大家所见，绳子只是挂在脖子上而已，并没有缠住。"

　　和户心头一凛，看向雕像的脖子——村井文枝说得分毫不差。

　　"这意味着什么？唯一合理的解释，就是田岛死在了缠绕绳子的过程中。他一门心思'实施犯罪'，没留意后方的情况。凶手趁机接近，一刀扎在了他背上。

　　"关键还在后头。这座雕像很是高大，要想将绳子缠在普罗米修斯的脖子上，就必须站在他坐着的石头上。因此，田岛是在立于石头上的状态下遇害的。而杀死他的那把刀几乎是垂直插入背部的，所以凶手的个子必然很高。"

　　村井文枝看向在场的一位男士。

　　"您是怀疑我吗？"

　　梶原新平耸了耸肩。

　　"没错。你的身高超过一米八，举刀捅向石头上的田岛，刀就会垂直扎入他的背部。"

　　"我怎么知道田岛抽到了'狼人卡'呢？"

　　"你知道这件事纯属偶然——你出门去洗手间的时候，碰巧看见了走向'阿格拉'的田岛。你早就想除掉他了，于是悄悄跟了上去，等他爬上了普罗米修斯坐着的石头，就一刀捅死了他。"

　　"所长，您的推理也太想当然了。"

　　"怎么想当然了？"

　　"您刚才说，绳子只是挂着而没有缠着，是因为田岛死于缠绕绳子的过程中。可这要是凶手伪造的假象呢？也许凶手是想把大家带偏，让大家误以为'凶手是个大个子'。"

"……凶手伪造的假象？"

"没错，如果田岛是在缠好绳子、下到地面以后才遇害的呢？也许凶手在行凶后解开了田岛缠好的绳子，制造出了绳子只是挂在脖子上的假象。如果田岛确实是下地之后遇害的，考虑到刀几乎垂直扎入背部，凶手的个子应该比田岛矮——也就是在场的所有人中，个子最矮的那个人。"

话虽如此，梶原新平并没有看向自己指控的人。遭到指控的盐崎茂也没有看他。

"好，那我就再推理一次，"盐崎茂说道，"之前的推理都以田岛抽到了'狼人卡'为前提。可谁能保证他一定就是'狼人'呢？"

"普罗米修斯的脖子上挂着绳子，田岛就死在雕像旁边，'狼人'不是他还能是谁？"村井文枝说道。

"那可不一定，也许是田岛想杀'狼人'，却遭到了反杀。"

"……反杀？"

"田岛去洗手间的时候，碰巧看到'狼人'前往'阿格拉'。田岛对'狼人'怀恨在心，觉得这是一个绝佳的机会，于是在'阿格拉'袭击了'狼人'，结果反而死在了'狼人'手上。也就是说，'狼人'就是凶手。"

"按你的推理，凶手到底是谁？"

"凶手就是田岛最忌恨的人。还记得有一次，若狭抢在田岛前头发表了研究成果。田岛必然对若狭恨之入骨，欲除之而后快，谁知行凶时遭到了反杀。所以若狭就是凶手。"

盐崎茂洋洋洒洒说了半天，却没有与若狭对视片刻。若狭叹了口气：

"你刚才的推理有一个大前提，那就是我抽到了'狼人卡'。所以我只要亮出身份卡，你的推理就会不攻自破。"

斯文瘦子都懒得看小个子一眼，直接掏出胸前口袋里的手机点了几下，亮给在场的众人。屏幕上的卡牌分明写着"平民"二字。看来若狭并没有抽到"狼人卡"，所以他不是那个反杀田岛的凶手。

"……哦，看来不是若狭干的。"盐崎茂不情愿地说道。

和户总觉得不太对劲，可又想不明白问题究竟出在哪里。这种别扭的感觉到底是从哪来的呢……?

忽然间，灵光乍现。他知道哪里不对了——不对劲的地方不止一处。蛛丝马迹串联成了一个难以置信的结论。

我是不是疯了？和户不由得怀疑起了自己。可是除此以外，他实在想不出别的可能性了。

试一试就知道了。想岔了也没什么大不了的。

和户对盐崎茂笑了笑。盐崎眨了眨眼，显得很是困惑。说时迟那时快，和户拔腿朝他猛冲过去。眼看就要撞上了，对方的身体竟突然消失了，前方只剩下了一面墙。回头望去，映入眼帘的是小个子呆立的背影。和户转头冲向梶原新平、若狭和羽鸟早苗，同样穿透了他们的身体。他也不是没担心过"撞上了怎么办"，所幸结果不出所料。

和户喘着粗气，对那群吵吵嚷嚷的研究员说道：

"原来是这样……我戴着的头盔，其实是某种混合现实专用的头戴显示器吧。盐崎先生、梶原先生、若狭先生和羽鸟女士都是显示器投射出来的影像。真正站在我面前的，就只有村井女士而已。"

4

研究员们沉默了许久。

过了好一阵子，村井文枝才好奇地问道：

"……你是怎么发现的？"

"我早就觉得不太对劲了，琢磨了半天，才想明白别扭的感觉是怎么来的。关键就在于盐崎先生没有触碰田岛先生的遗体。"

村井文枝目不转睛地看着和户。

"盐崎先生是医生。照理说遇到这种情况时，他本该触碰遗体，仔细检查。度假村发生凶案时，他就是这么做的，可这次他并没有上前检查。唯一说得通的解释，就是他检查不了——因为现实中的他根本就不在这里。"

"好大胆的猜测。"

"我还当自己疯了。好在我忽然想起，自己头上正戴着一顶奇怪的头盔。玩MR游戏《噩梦星舰》的经历也为我提供了灵感。玩游戏时，我也戴着头戴式显示器，看到的外星人都格外真实，至今记忆犹新。于是我就得出了一个结论——我戴着的头盔其实是MR专用的头戴式显示器，我看到的盐崎先生只是显示器中的影像。"

"那个游戏我也玩了，那些外星人有你说得那么真吗？"

"但不对劲的地方远不止这一处。比如，盐崎先生指控羽鸟女士的时候，他们一次都没有看对方的脸。"

"这有什么问题吗？"

"照理说，人肯定会下意识地看向自己指控或指控自己的人，但他们从头到尾都没看向对方的脸，这也太不自然了。由此可见，羽鸟女士也是显示器中的影像。这就是他们不看对方的原因所在。

"梶原先生指控盐崎先生的时候，还有盐崎先生指控若狭先生的时候，双方都没有任何眼神交流。所以我认定，梶原先生和若狭先生也是显示器中的影像。"

"如果他们都只是显示器中的影像，那他们的声音又是从哪里来的呢？"

"盐崎先生、羽鸟女士、梶原先生和若狭先生的声音并非来自我面前的影像，而是头盔耳边的扬声器播放出来的。头盔肯定还内置了麦克风，将我的声音传给了他们。"

"如果他们都是显示器中的影像，那我岂不是看不到他们？"

"没错。我看您戴着耳机，大概是一直在用耳机听他们说话吧。您胸口可能还藏了麦克风，好让他们听到您的声音。"

"有意思。"

"让大家离开'阿格拉',方便'狼人'用绳子'实施犯罪'时,您点名让我第一个走。这可能是因为在我的显示器中显示出四人各自回研究室的影像有一定的技术难度。"

村井文枝注视着和户,沉默良久。和户也畏畏缩缩地看着她。终于,老妇人叹了口气:

"亏你能看出来。都被你说中了。我还以为你只能提高别人的推理能力,看来你自己的推理能力也不赖啊。"

"多谢夸奖。他们四位到底在哪里?"

"他们就在这座研究所里。"

"那为什么不直接现身,非要让我看显示器里的影像呢?"

村井文枝问道:"被他看出来了,怎么办?"梶原新平的影像回答道:"既然被识破了,那就照实说吧。"其余三人也点头表示赞成。

"好吧,"村井文枝说道,"那就麻烦你们来一趟'阿格拉'吧。"

和户眼前的盐崎茂、梶原新平、若狭和羽鸟早苗骤然消失,看来是他们切断了向头戴显示器传输的影像。和户很清楚自己看到的是没有实体的影像,但四个"大活人"瞬间消失的场面还是相当震撼的。几分钟后,四位研究员陆续走进"阿格拉"。有的神情尴尬,有的则饶有兴致地打量着和户。

"你们何必演这么一出呢?"

和户问道。他想不明白研究员们为什么不面对面交流，非要通过显示器传输影像。

村井文枝回答道：

"和户先生，我刚才也说了，我们想借此机会测定一下你发动能力时的大脑活动。除此之外，我们还有另一个研究课题。"

"什么课题？"

"能力的作用范围。"

"——作用范围？"

村井文枝转向羽鸟早苗："羽鸟，要不就从你开始吧。"

律所文员（尽管这只是她的假身份）点了点头，注视着和户说道：

"电影院发生凶案后，身在放映厅的我和其他观众都感受到了你的能力，但放映室中的探员似乎没有受到影响。我们几个观众是在大银幕边上讨论的，银幕和放映室相距二十多米。由此可见，你的能力影响不到二十米开外的人。"

接着，梶原新平说道：

"在林太山索道凶案中，我所在的吊厢停在了你那台吊厢的旁边，而你的能力同样影响到了我们。我们这边有一位名叫片濑亚美的年轻女士，她看着不像脑袋特别灵光的人，却发表了一番相当精彩的推理——只可惜功亏一篑。最关键的是，我能明显感觉到自己的思维比平时更加清晰。两台吊厢之间的距离大约是四米。我们由此推测，你的能力至少能辐射到四米。"

和户暗自祈祷：老天保佑，可千万别让亚美听到这段评语，不然她怕是会一怒之下把梶原新平揍个半死。

村井文枝说道：

"已知能力的作用范围是四米以上、二十多米以下。我们想测出精确的有效半径，于是就想了一个办法：将研究员分别安排在离你五米远、十米远、十五米远、二十米远和二十五米远的地方，也就是每五米留一个人，然后将谜题摆在你面前，促使你发动能力，再看看哪几个人受到了能力的影响。

"要确保实验成功，就不能让你意识到我们在做实验，不然有效半径可能会出现偏差。所以我们不能让你察觉到研究员们在离你有一定距离的地方。那该怎么办呢？

"就在这时，我想起了与你一同遭遇的《噩梦星舰》凶案。我们决定运用那款游戏的MR技术，制造出'全体研究员都在你身边'的假象。

"我们委托叠加科技公司搭建了一套系统，用摄像头实时拍摄身在各自研究室的研究员，只将移除了背景的人像投射在你的HMD上。只要让你戴上HMD，我们便能在你身边'现身'。尽管我们还不清楚能力的有效半径是多大，但那些离你较远的研究员也必须表现出受到能力影响的样子，不然就营造不出'大家都在你身边'的感觉了。好在这也不是什么难事，毕竟我们都是亲身体验过的，深知推理能力会呈现出怎样的变化。

"在你发动能力时，必须有一名研究员待在离你二十五米远的地方，所以我们决定让你在研究所的边角发动能力。因为研究所中央到尽头的距离不足二十五米。放眼研究所边角的空间，能同时容纳你和六名研究员的就只有'阿格拉'。我负责的是离你五米远的点位，因此以血肉之躯出现在你身边的只有我一个，其他人分别待在离你十米远、十五米远、二十米远和二十五米远的地方。不一定是室内，也有在走廊里待命的。"

若狭说道：

"我们最开始预告的谜题是'谁往普罗米修斯雕像的脖子上缠了绳子'，但一小时过后，实际给出的谜题却是'谁杀了田岛'。这么做是为了使谜题更具震撼力，确保你发动能力。毕竟无关痛痒的小谜题也许还不足以激发出你的能力。于是我们虚晃一枪，让你出其不意[1]。"

"田岛先生真的遇害了吗？"

"怎么可能？他好着呢。"

"什么？"

"起来吧，田岛。"

话音刚落，地上的"尸体"就动了一下，然后晃晃悠悠地爬了起来。

"嗯——"田岛直树竟然还伸了个懒腰，"没想到一动不动地躺着还挺累。"

1　该句原文较为啰唆，译文略作简化。

　　和户目瞪口呆地看着活蹦乱跳的野鸟摄影师，只见他反复下蹲起立，正忙着活动膝关节。

　　"可他的瞳孔明明都放大了……"

　　若狭解释道：

　　"我们用MR技术把放大的瞳孔叠加在了田岛的眼睛上。"

　　"那惨白的肤色……"

　　"也是用MR技术制造的假象，只有隔着显示器看他的你才能看到。插在他背上的刀当然也是模型。受头盔的影响，你无法检查田岛还有没有呼吸。摸不到脉搏，则是因为田岛用力夹住了腋下的小球，阻断了血液的流动。一个大活人就这样被伪装成了遇害的尸体。这些灵感都来源于将食物中毒的死者伪装成他杀被害者的大濑会总舵凶案。

　　"其实将田岛的'尸体'摆在你面前还有另一个目的，那就是确认你的力量能否作用于被你认定为死者的人。田岛就是为了搞清这一点才一直躺在你身边装死的。"

　　田岛直树说道：

　　"我的五位同事按照事先敲定的剧本演绎了一场推理大比拼，以便让你认定他们都受到了能力的影响。毕竟我们也不确定能力的有效半径是多少嘛。顺便一提，这个环节的灵感来源于鲤川线凶案的作案团伙。虽然大家都在演，但离你不到二十米的四个人都感受到了你的能力。所以能力的有效半径至少有二十米。不仅如此，你的能量对我这个装死的人同样管用。看来这种能力可以作用于被你认定为死者的人，真是不得了啊。"

"多谢夸奖。"

盐崎茂说道：

"在刚才的推理大比拼中，有人基于'凶手个子高'这一假设指认了梶原，也有人基于'凶手个子矮'这一假设指认了我。在度假村凶案中，相关人员做出了根据体形和身高锁定嫌疑人的推理，给了我们不小的启发，只不过那些推理都与真相相去甚远。这回指认我和梶原的推理也是瞎编乱造的，倒是错得刚刚好。"

六位研究员竟结合自身经历为这次实验做了充分的准备……和户都有些佩服了。

村井文枝说道：

"虽然我们的伎俩都被你识破了，但实验取得了圆满成功。我们明确了能力的有效半径，也记录下了你发动能力时的大脑活动，有足够的数据开展后续分析——"

谁知话音未落，屋外竟传来一声大吼。

5

"里面的人听着！特警已经把这里包围了！放下武器，即刻投降，不要做无谓的抵抗！"

六名研究员顿时面露恐慌。

"怎么搞的？警察怎么来了！"羽鸟早苗喊道。

"怎么办？"盐崎茂看向村井文枝。

"清除全部数据，"老妇人环顾在场的研究员，"分毫不留。"

"全部吗？"梶原新平表现出了一丝犹豫。

"没错，关于和户先生的数据是我们好不容易采集到的，绝不能拱手让人。"

"好。"梶原新平点了点头，神情悲壮。盐崎茂、羽鸟早苗、田岛直树、若狭也纷纷点头。

　　村井文枝掏出平板电脑点了几下。在微不可察的迟疑后，她按下了触摸屏上的一个键。研究所内关于和户的数据就此清空。

　　"你们有什么打算？还是乖乖投降吧。"

　　面对和户的劝说，研究员们点了点头。

　　"嗯，不过在那之前，"村井文枝说道，"我们得先做一件事。"

　　老妇人掏出一个药盒，将里面的药片分发给研究员们。

　　"这药是干什么的？你们不会是要自杀吧……"

　　"当然不是。我都答应你乖乖投降了，没打算寻死。只是这里还有些没有清除的数据，"村井文枝指了指自己的头，"所以我们要服药消除一段时间的记忆。刚才不是跟你提过吗，我们研究所有消除记忆的药。吃下去以后，人会暂时昏迷，苏醒后就会失去过往五年的记忆。事不宜迟——"

　　眼看着老妇人要把药片放进嘴里了，和户赶忙问道：

　　"等等！能不能先把这顶头盔摘了啊？要是特警冲进来的时候，我还戴着头盔，事后警方肯定会拆开它仔细检查，到时候就会发现你们在测我的脑电波，那你们的研究方向岂不是就暴露了吗？"

　　"也是，那就摘了吧。"

　　村井文枝点了几下平板电脑。挡住下巴的头盔部件"咔嚓"一响。和户抬手一摸，发现部件有所松动，于是便抓住松动的地方一拉，总算是把头盔摘了下来。村井文枝接过头盔，将它扔进了"阿格拉"角落里的垃圾桶。

"那我就先走一步了。"

老妇人将药片放入口中吞下。数十秒后，她便身子一晃，瘫倒在地。见状，其他研究员也做好了服药的准备。

"慢着！"盐崎茂大喝一声。

"怎么了，再不吃就来不及了！"羽鸟早苗瞪了外科医生一眼。

"在消除记忆之前，先推理一下警方是怎么找到和户先生的吧。"

和户瞠目结舌。在这种时候居然还能惦记着推理，看来华生力仍未失效。华生力不仅能大幅提升推理能力，还会增强发表推理的欲望。

"可是没时间了啊，得赶紧把药吃上！"羽鸟早苗心急如焚。

"等警察冲进来再吃也不迟。生命不息，推理不止！"

"好，那就来推理吧。"若狭坚定地点了点头。

"我先来，"盐崎茂说道，"肯定是我们用来绑架和户先生的面包车出了问题。油箱破了个洞，汽油滴滴答答漏了一路。警方意识到和户先生是在下班路上被人绑走的，查到了出事地点，然后顺着汽油找了过来。"

"怎么可能？"羽鸟早苗反驳道，"要是油箱真的漏了，车子肯定会半路抛锚，怎么还开得回研究所啊。"

"……也是。那说说你的看法？"

"也许是面包车轧到了白果，轮胎染上了臭味，于是警犬就闻着味道找来了。"

"可这一路都没有银杏树啊。"

"我有一个猜测，"若狭开口道，"新闻说在逃的'混沌'成员偷了一辆面包车，搞不好那辆车跟我们用的车是同款。而且那人在车上套了块假车牌，刚巧跟我们的车撞号了。警方通过N系统[1]找了半天，找到的却是我们的车，于是就杀来了这里。"

"你这不是推理，而是异想天开。"盐崎茂点评道。

"我知道了！我们之中出了个奸细！"梶原新平喊道。

"奸细？"

"没错，肯定是有人给警方通风报信了！"

"谁啊？"

"所长！她八成在装睡，带头吃药什么的都是演给我们看的！"

就在这时，急促的脚步声从走廊传来。

"警察来了！快吃药！"

研究员们相继服药，接连倒地。

说时迟那时快，SAT队员们冲进了"阿格拉"。他们都穿着深蓝色的突击服，外面套着防弹背心，戴着带遮阳罩的头盔，手持枪械。

队员们一看到和户就把枪口对准了他。和户赶忙举手示意：

"自己人！自己人！"

1　车牌自动辨识系统。

个子最小的队员抬起遮阳罩——是一脸错愕的片濑亚美。

"……你怎么在这里？"

和户满脸问号：你们不是来救我的吗？

"我是被绑来的。"

队员们一看见那群瘫倒在地的研究员便大受震撼，无比敬畏地看向和户：

"都是你撂倒的？"

"不不不，是他们自己晕倒的，"和户连忙摆手，"话说回来，你们为什么要来这里？"

"说来话长了，'混沌'的漏网之鱼不是偷了辆面包车跑了吗，有个目击者记住了车牌号，N系统拍到了一辆同款同号的车，我们就找过来了。"

亚美环顾四周。

"可这地方怎么看都不像恐怖组织的窝点啊，反倒像研究所。怎么回事啊？"

就在这时，亚美"啊？"了一声，似乎是头盔的内置耳机接收到了什么消息。

"抓住那个逃犯了？套牌车？那么，我们找到这里纯属偶然？"

苍天啊……若狭的"异想天开"居然是对的。和户转向倒地的研究员们，目光落在其中那位斯文的研究员身上。多么出神入化的推理能力啊！只可惜，刚才的推理大概已经被他忘得一干二净了。

首次发表情况一览

读客® 悬疑文库

认准读客读悬疑，本本都是大师级。

专注出版中、英、美、日、意、法等世界各国各流派的顶尖悬疑作品。

为读者精挑细选，只出版两种作品：
经过时间沉淀，经典中的经典；口碑爆表、有望成为经典的当代名作。

跟着读客悬疑文库，在大师级的悬疑作品中，
经历惊险反转的脑力激荡，一窥人性的善恶吧。

扫一扫，立即查看悬疑文库全书目，
收集下一本精彩悬疑！

读客悬疑文库